山城柚希の妖かし事件簿　縁は異なもの!?

青谷真未

ポプラ文庫ピュアフル

山城柚希の妖かし事件簿

縁は異なもの!?

夜空に走る閃光《せんこう》と、腹に響くほどの雷鳴はほとんど同時だった。

横殴りの雨が痛いほど強く肌を打つ。真夜中の嵐は庭木の枝と家族の怒号をいっしょくたに闇の中へ巻き上げ、地面に叩きつける。耳が痛い。

雷光が夜の庭に立つ家族の姿を照らし出した。どこかへ向かおうとする祖父と、それを必死で止める両親の姿が静止画のように浮かび上がる。

『やめてください、こんな真夜中に山へ行くなんて！』

『この天気じゃいつ地すべり起こしたっておかしくないんだぞ！』

切羽詰まった母の声。少し苛立った父の声。その後に返っただろう祖父の声は雷鳴にかき消されて聞こえなかった。

丸い眼鏡をかけた祖父の顔が雷に照らし出される。いつもは温厚な祖父の顔を、そのときどうして怖いと思ったのかはもうよく思い出せない。

もはや二十年以上前の話だ。記憶にはむらがある。祖父がどうやって息子夫婦の制止を振り切り山へ行ったのかは知らない。自分がいつ家の中へ戻ったのかも。

ただ、未だに覚えていることがひとつある。

家の裏手にそびえる山の頂上。随分と離れたその場所が肉眼で見えるわけもないのに、確かに自分は見たのだ。

稲光の中、山頂からジッとこちらを見下ろす、大きな獣の姿を。

＊＊＊

薄暗い喫茶店に、低くジャズの音色が流れている。

窓際のテーブル席に座った柚希《ゆずき》は首を伸ばしてシュガーポットを覗き込むと、銀の蓋に映り込んだ自分の顔を入念にチェックした。

（目の下、アイライナーにじんでない。ほうれい線、ファンデーション溜まってない。鼻もテカってないし、口紅も落ちてない）

髪は先週切ってきたばかりだ。すっきりと項が見える前下がりのボブを手櫛で整え、よし、と柚希はスーツの襟元を正す。

緊張を和らげるつもりでテーブルの上のコーヒーに手を伸ばしたら、店の扉に取りつけられたドアベルがカラン、とのどかな音を立てた。振り返ると、柔らかなウェーブのかかった髪を後ろで一本に縛り、淡いピンクのワンピースを着た女性が店内に入ってきたところだ。人を捜す顔で辺りを見回す女性に、柚希は座ったまま大きく手を振った。

「美幸《みゆき》、こっちこっち」

視線が流れてくるのを待ちきれず声を上げると、すぐに相手がこちらを向いた。ふっくらとした柔らかな頬に、パッと明るい笑みが浮かぶ。

「ごめん、ちょっと仕事が長引いて遅れちゃった」

ごめんね、と繰り返して向かいの席に座った美幸は、小・中学校時代の同級生だ。高校以降は別の学校に進んだが、暇さえあれば未だにお茶に誘い合う仲である。

美幸は水を置きに来たウェイターにオレンジジュースを注文して、ようやく一息ついたというふうに背中から椅子の背もたれに寄りかかった。テーブルの上で組まれた手には、左の薬指に銀の指輪が光る。

自然と美幸の手元に目が引き寄せられる。そんな柚希の視線には気づかぬ様子で、美幸は真っ白な頬に穏やかな笑みを浮かべた。

「そういえば柚希、誕生日おめでとう」

食い入るように美幸の結婚指輪を見詰めていた柚希は慌てて顔を上げ、しかめっ面で天井を仰いだ。

「二十九にもなると誕生日ももう素直に喜べないなぁ」

「いよいよ二十代も最後の一年だもんね」

「そうよ、崖っぷちよ。このまま彼氏もできず三十代に突入したらなんて考えると、もう……！」

テーブルの一点を凝視して切羽詰まった声を上げる柚希を見て、美幸は軽やかな笑い声を立てる。

なんだかんだ言いながら三十を目前にしてもこうして笑っていられる辺りが既婚者の余裕だな、と柚希は思う。対する柚希にそんな余裕はない。三日前に誕生日を迎え、すでに二十代最後の時間は一年を切っている。その上独り身だ。もっといってしまえば柚希は生まれてこのかた、彼氏というものができたことがない。

焦るな、というほうが無理な話だ。

（そうだ、だから今日は……今日こそは！）

テーブルの下で、柚希は決意も新たに拳を握りしめる。

以前から冗談交じりに口にしていた、美幸の夫の友人を紹介してもらうという約束を今日こそ現実のものにしなければ。上手くいかなかったら自分と美幸の間に禍根が残るかもしれない、なんて尻込みしている場合じゃない。悠長に出会いを待っていられる頃はとうに過ぎた。これからは、自ら出会いをもぎ取りにいくのだ。

（大丈夫、化粧はばっちりだし、髪も切ったばかりだし、美幸だって胸を張って旦那さんの友達に私を紹介してくれるはず……！）

ウェイターの運んできたオレンジジュースにストローを差す美幸を真正面から見詰め、柚希は居住まいを正す。

美幸、今度旦那さんのお友達、私に紹介してくれないかな。

大きく息を吸い込んでそう口にしようとした柚希だったが、先に口を開いたのは美幸のほうだった。

「あのね、柚希……ちょっと報告があるんだけど」

美幸の名を呼びかけていた柚希は、喉の奥から出かかった言葉を空咳でごまかし、何？と相槌《あいづち》を打つ。美幸はストローでコップの中身をかき回しながら、微かにはにかんだ表情で呟いた。

「私ね、赤ちゃんができたんだ」

「えっ！」

瞬間的に腹筋が緊張し、出すつもりのなかった声が漏れた。驚きすぎて全身が硬直する。とっさに次の言葉が出てこない。さまざまな台詞が渦巻いていた思考回路に、バシャンと真っ白なペンキを浴びせられた気分だ。

そういえば美幸はいつも喫茶店で紅茶を頼むのに今日に限ってオレンジジュースなんてちょっとおかしいと思った、妊婦だからヘルシー志向になったのか、いや妊婦ってカフェイン駄目なんだっけ？　紅茶ってカフェイン入ってた？　などとしばし明後日の方向へ思考を泳がせた後、柚希はようやく言うべき言葉に思い至った。

「お——おめでとう！」

「うん、ありがとう」

「うわ、でも、美幸がお母さん？　な、なんか、信じられない……」

言いながら美幸の腹部に視線を走らせる。まだふくらみが目立たないからか、どうにも現実味がない。小学校時代からの同級生が母になるなんて想像がつかなかった。

一体どんな言葉をかければいいのかわからず馬鹿のひとつ覚えみたいに、おめでとう、おめでとうと繰り返しながら、柚希は内心複雑な気分だった。

一番の親友である美幸の妊娠を喜ぶより、子供が生まれたらもうこれまでみたいに気楽に会えなくなってしまうんだな、と淋しく思ったり、それより何より旦那の友達を紹介してもらうどころではなくなってしまったぞ、と落胆したり。

そんなことを考えて純粋に友人の妊娠を祝福できていない自分に、柚希はなんとも後ろ暗い気分を抱かざるを得なかった。


軽くお茶を飲んだ後美幸と別れると、柚希は真っ直ぐ自宅へ向かった。

柚希の家は最寄り駅から二十分ほど歩いた場所にある。交通の便が悪くバスは通っていない。駅の周辺には駅ビルなどもありそれなりに栄えているのだが、柚希の実家の近くまで来るとコンビニはおろか外灯すらもまばらになる。人気の少ない住宅街はマンションよりも一軒家のほうが多く、車が擦れ違うのも難しいくらい狭い車道には食器のぶつかり合う音と夕飯の匂いが漂っている。

暗い夜道にカツコツとヒールの音を響かせ柚希は歩く。

ぼんやり歩いていると喫茶店で見た美幸の幸せそうな笑顔が何度も頭に浮かんだ。ひとりになってようやく素直に、羨ましい、と呟ける。

（二十六で結婚して二十九で出産か……順風満帆だな）

対する自分は、などと考えるのも空しい。

己の姿を省みて、もう少し可愛気のある女だったらよかったのだろうかと考える。ピンクのワンピースに華奢な白の鞄で現れた美幸とは対照的に、柚希は黒のパンツスーツにピンヒール、ゴツい黒革の鞄を肩からぶら下げている。

甘い花柄やピンクは自分に似合わない気がしてこれまで避けてきたが、そろそろ自身の好みなんて脇に置いて男受けする着こなしを学ぶべきか。そんなことを半ば本気で考え始めた頃、目の端でちらりと何かが動く気配がした。

一瞬、柚希の足取りが鈍る。けれど歩調は即座に元の速さに戻り、何も気づかなかった振りで柚希は顔を前に向けたままその場を通り過ぎた。だが、少し歩くとまた目の端を影が過《よぎ》る。影は柚希を追い越して、数メートル先の電信柱の後ろに回り込んだ。

大きさとしては猫ぐらい。だが、明らかに猫ではない。二足歩行していたからだ。さりとて子供にしてはやけに小さい。

面倒臭いので無視するつもりだったのだが、電信柱の陰からこちらに向けられる視線の強さが半端ではない。うっかり気になって目を向けると、待ってましたとばかり電信柱の後ろからパッと顔を覗かせる者があった。

カツ、とヒールがコンクリートを蹴る音が止まる。目が合ったらさすがに足が止まった。

電柱の後ろから姿を現したのは、一見すると三十センチほどのぬいぐるみだ。

丸い大福めいた顔に味海苔を貼りつけたような太い眉。その下の目は黒豆じみて丸く、口は蒲鉾《かまぼこ》をさかさまにしてくっつけたようだ。腰に虎革の腰巻を巻いている以外身につけている物はなく、鮮やかに赤い髪はぼうぼうと風になびいている。

そして、赤い髪の間に見え隠れする、二本の角。

電信柱に手をつき、柚希を見上げて小首を傾げるそれを見下ろし、柚希は整った眉を片方だけ上げた。

（……小鬼か）

見るんじゃなかった、とばかり視線を逸らし、柚希は再び前を向いて歩き出す。すると先ほどまで思わせぶりに視界の端をちらついていた小鬼が、今度はぱたぱたと小さな足音を立てて追いかけてきた。ここにいるよー、と言わんばかりだ。

それでも柚希が振り返らないと、今度はメシャッと地面に何かが倒れ込む音がした。

一瞬足が止まりかけたが、構わず歩き続けた。背後からはなんの物音もしない。そうなると逆に後ろの様子が気になって、柚希はそっと肩越しに振り返る。

振り返った先では、小鬼が道路のど真ん中でうつぶせに倒れていた。転んだらしい。

柚希の足音が止まったことに気づいたのか、小鬼がむくりと顔を上げる。額が砂で汚れていた。黒豆のような目に見る間に涙が溜まる。

くそう、と柚希は口の中で毒づいた。ここで小鬼に背を向けたら、泣いている子供を置き去りにしたような後味の悪さばかりが残るではないか。柚希は諦観《ていかん》の混じる思いで小鬼に向かって声を張り上げた。

「一緒に来たいのなら早く立つ！　置いてくよ！」

柚希の言葉に、小鬼の目に浮かんでいた涙が現金なくらいヒュッと引っ込んだ。元から笑ったような顔が一層明るく輝いて、小鬼は勢いよく立ち上がると柚希の元へと駆けてくる。

ぴょこぴょこと跳ねるような足取りで傍らを歩く小鬼の隣で、柚希は深い溜息をついた。次の角を曲がればすぐそこが柚希の自宅だ。どうせまくこともできなかっただろうと思えば諦めもつく。

自宅の前で、柚希はいったん足を止める。

柚希の家は今の時分には珍しい純日本家屋で、敷地も広い。家の周囲は白壁で囲われ、入口は木の格子戸になっている。格子戸を開けて飛び石を渡った先が玄関だ。庭には小さいながらも池がある。それくらい広い。

平屋なので、黒い瓦がずらりと並ぶ屋根は周辺の住宅よりも低い位置にある。それなのに、屋根を見上げる柚希の視線は随分と高い。柚希が見ているのは屋根そのものではなく、屋根の上に乗っているものだからだ。

（……他人の目にもこれが映ったら、うちなんてあっという間に町内から追い出されるんだろうなぁ）

ガシャン、と乾いた音がして、屋根に覆いかぶさっていたものが顔を上げた。

それは広大な日本家屋をちょっとした肘掛け代わりにしてしまうほど大きな骸骨だ。世の人々には、ガシャドクロ、と呼ばれているらしい。

頭蓋骨の奥の闇も見通せぬほど暗い目をこちらに向けたガシャドクロは、不穏な外見とは裏腹に軽い調子で柚希に片手を上げてみせた。人ひとり簡単に握り潰せそうな巨大な手がガシャリと重々しい音を立て、柚希も同じく片手を上げる。すると今度はガシャドクロの背後から、爛々《らんらん》と金色に目の光る巨大な猫が姿を現した。猫バス、なんて可愛らしいサイズではない。前脚で屋根に手をかけただけで家ひとつ破壊できそうな大きさだ。

骸骨と巨大猫に押し潰されそうな家を見上げ、妖怪屋敷、と柚希はひとりごちる。

この妖怪屋敷こそが、正真正銘、柚希の自宅だ。

柚希は妖怪の姿が見える。それは山城《やましろ》家の血筋に由来するものだ。

柚希からさかのぼり、父、祖父、曾祖父と代々血を継いできた山城家の人間は揃って妖怪の姿を認めることができた。呪われた血筋、といえなくもないが、それによって日常生活に大きな支障をきたしたこともないので柚希は別段気にしていない。常人より余分なものが目に入る、と思う程度だ。

そんな柚希の自宅が妖怪屋敷になった理由は、柚希の曾祖父によるところが大きい。

山城家の人間の目に妖怪が映るようになったのはもはや史実にも残らぬほど昔のことのようで、その発端は定かでない。それでも、何代にもわたりこの地に住み続け、隣近所から「あそこの家の人、妖怪が見えるらしいわよ」なんて噂も立てられないところを見ると、山城家の人々は妖怪が見えることを吹聴するでもなければ卑下するでもなくひっそりと暮らしてきたらしい。庭木に止まる火の玉を、ちょっと変わった野鳥程度に見ていたのかもしれない。

だが、柚希の曾祖父である源重郎《げんじゅうろう》は少し違った。

今は亡き祖父の話によれば、源重郎は暇さえあれば野山や河原から妖怪を拾ってきて自宅に住まわせていたのだという。

理由については誰も知らない。源重郎に可愛がられていた柚希の祖父でさえ曖昧《あいまい》にしかわからないという。物心ついた頃にはすでに源重郎が他界していた柚希にとっては、その人となりを想像することからして難しい。わざわざ妖怪を拾ってくる理由なんて今もってさっぱりわからなかった。

柚希の祖父も源重郎の遺志を継いで、その理由を図りかねながらも山や道端で出会う妖怪たちを家に連れ帰るようになったらしい。柚希の父はそこまで積極的ではないものの、夜道でもの言いた気に見上げてくる妖怪を見つけると捨て置くことが忍びないらしく、ときおり家に連れ帰る。

対して柚希は、道端で妖怪と出会っても決して目を合わせようとはしない。当然連れて帰るつもりもない。けれどなぜか、妖怪たちのほうが当たり前に柚希の後をついてくる。それどころか、ちゃっかりそのまま自宅に棲みついてしまう。

ただでさえ家の中は妖怪で一杯なのに。もうとっくに人間より妖怪の数のほうが多いというのに。だから柚希は懸命に妖怪の増加を止めようとしているのだが、今日も今日とて、山城家には新たな妖怪がやってきてしまったのだった。

玄関先で靴を脱いでいると、廊下の奥からぱたぱたと羽音が近づいてきた。

「お帰りなさいませ姫様！　今日もお勤め、お疲れ様でございます！」

聞き慣れた声に緩慢に顔を上げると、一際大きな羽音と共に、玄関先に置かれた下駄《げた》箱に一羽のカラスが止まった。

ただのカラスではない。何しろ喋る。そして服を着ている。頭に黒い帽子をちょこんと載せ白い羽織の上にボンボンを下げたその姿は、いわゆる山伏のようだ。

まだ存命していた頃の祖父に聞いた話では、カラス天狗という妖怪なのだそうだ。祖父が幼い頃からずっとこの家にいるというかなりの古株で、名は黒兵衛《くろべえ》という。

黒兵衛は下駄箱の上でうやうやしく柚希に頭を下げると、柚希の足元でキョトキョトと辺りを見回す小鬼に気づいてどんぐりのような目をさらに大きく見開いた。

「やや！　姫様、そちらの者は！」

「……さっき家の前で拾った」

「ほほう、小鬼ですな。どれ、坊、こっちへおいで」

黒兵衛が手招きするように翼を上下させると、小鬼はぬいぐるみみたいな顔でにこにこと笑いながら沓脱《くつぬ》ぎを駆け上がり、黒兵衛に先導され廊下の奥へと消えていった。黒兵衛はこの家の妖怪たちの教育係のようなものだから、任せておけば新参者も家の中で滅多なことはしない。

普段以上に疲労を感じてのろのろと廊下に上がると、奥から黒兵衛の「姫様！　帰ったらうがい手洗いを忘れずに行ってくださいませ！」というお決まりの台詞が響いてきた。何度やめろといっても柚希のことを姫様と呼び、何かと小言が多い黒兵衛は、妖怪たちばかりでなく柚希の教育係も自任しているらしい。柚希にとっては迷惑この上ない話だ。

玄関先に重たい鞄を放り投げ、真っ直ぐ延びた廊下を歩いて台所に入ると母がいた。

山城家は外観こそ古めかしい日本家屋だが、内装はそこかしこにリフォームが施され、台所は広々としたダイニングキッチンになっている。この場所も柚希が生まれる前までは土間だったらしいが、柚希の母が嫁いできたのをきっかけに改装されたのだそうだ。かように居住空間は一新されているものの、その場に立つ母や祖母は未だに着物を普段着にして、昔ながらの割烹着を身につけている。

母は柚希に背を向け、台所の奥に設置された神棚に両手を合わせていた。母と祖母は、必ず朝晩神棚に水と米を供え、こうして丁寧に手を合わせる。

壁の高いところに設置された神棚には榊《さかき》の枝が刺さった瓶や鏡などが置かれているが、その前には尻尾が二つに分かれた猫又《ねこまた》が寝そべり、ごろごろと喉を鳴らしている。

よそから山城家に嫁いできた母と祖母には猫又の姿が見えない。猫又だけでなく、この家に棲みついたどの妖怪たちも見ることができない。

見えないけれど、あるいは見えないからこそなのか、母たちはことさら丁重に神棚を拝む。どうやらこの家の中に人ならざる何かがいることだけは察しているようだが、それが妖怪なのか神様なのかは判然としないのだろう。見えない何かと穏便に共存できるよう、毎日の水と米は欠かさない。

柚希はというと、なまじ大口を開けてあくびをする猫又や口うるさい黒兵衛が見えてしまうだけに素直に神棚に手を合わせる気になれない。今も神棚に一瞥《いちべつ》をくれただけでその前を素通りすると、ようやく母が顔を上げた。

「あら、柚希帰ってたの？　お夕飯は？」

「食べてない、まだご飯残ってる？」

「美幸ちゃんと会ってきたんでしょう？　てっきり外で食べてくるのかと思ってたからおむすびくらいしかないわよ」

じゃあそれで、と答えながら柚希は冷蔵庫を開けて缶ビールを取りだした。先に着替えてらっしゃい、という母の言葉を聞き流し、プルトップを開けながら台所と隣り合った居間へ向かう。

祖母はとうに眠っている時間だし、父も書斎へ引っ込んでしまったのか居間には誰もいなかった。そうでなくとも、家族は食事をダイニングキッチンに置かれた広々としたテーブルでとることがほとんどだし、各部屋にテレビが置かれているおかげで居間には誰もいないことが多い。結果、この場は柚希の第二の私室と化している。

黒々と太い梁を渡した居間は畳敷きだが、その上には淡い紫のカーペットが敷かれ、テレビの前にＬ字の大きなソファーが置かれている。部屋の隅にはどっしりとしたサイドボードが鎮座しており、けれど廊下に面した扉は襖《ふすま》だったりしてどうにもちぐはぐな印象だが、長年この家に住み続ける柚希は取り立てて違和感も覚えない。

ソファーに腰かけテレビをつけると、皿におにぎりを載せて持ってきた母に「着替えなさいって言ったのに」と軽く眉をひそめられた。適当に相槌を打ちジャケットだけ脱いでソファーの背もたれに引っかけると、今度は黒兵衛がやってくる。

「姫様、これからご夕食ですか」

「……その姫様っていうの、いい加減やめてくれる？」

「おや、なにやら声に覇気がありませんな」

柚希は黙って缶ビールを傾ける。ほとんど惰性で眺めるテレビからはドラマが流れていて、大まかにしか内容はわからないが恋愛ものなのだろうことは見当がついた。画面に映っている女優は自分と同年代か少し下くらいで、柚希は片手にビールの缶を持ったままソファーの上で膝を抱えた。

美幸が妊娠したということが、自分でも思いがけず応えていた。

別に友人に子供ができるのは初めてのことではない。大学時代の友人の中にはすでに出産を終えている者もいる。

美幸の妊娠に限ってこんなにも悶々《もんもん》とした気分になるのは、きっと小学校時代からの友人だからだろう。ランドセルを背負っていた姿を知っている友が母親になる、ということが信じられない。子供時代を共に過ごしただけに自分と同じ年なのだという実感が生々しく、そんな彼女が母親になるのは大学時代の友人たちがそうなるのより、ずっと柚希を置いてけぼりの気分にさせた。

（……私はこのまま、出産どころか結婚も恋愛もせずに終わっていくんだろうか）

知らず、唇から溜息が漏れていた。

まだまだ望みはある、と自分に言い聞かせるには厳しい年齢になってきた。男性のほうだって、二十九歳にもなって未だに彼氏ができたこともないなんて打ち明けたら、よほど性格に問題でもあるのかと身構えてしまうのではあるまいか。

柚希は抱えた膝頭に額を押しつける。

まだ恋愛に対してほのかな期待を抱いていた中高生の頃、人と人はもっとごく自然に惹かれ合うものなのだと思っていた。学校やバイト先や職場、新しい場所には新しい出会いがあり、そこで知り合った異性となんとなくいい雰囲気になり、さりげなくつき合いが始まる。そういうふうに恋愛はスタートするのだと信じていた。

どっこい現実はそうはいかない。確かに新しい環境には目新しい異性がいるが目につくすべての人と親しくなれるわけではなく、一番異性との交流が持てそうな大学時代でさえ、サークルに入っていなかった柚希は女友達と一緒にいることがほとんどで男子学生とろくに口を利いた記憶がない。就職してからも職場の同僚はほとんどが女性。たまにいる男性は親子ほど年が離れているか既婚者ばかりで端から恋愛の対象にもならない。

出会いなんてそう簡単に転がっていない、というのが二十九年かけて柚希が発見した事実だ。入学や就職で得られる人間関係も存外幅が狭い。

合コンも都市伝説だ。少なくとも柚希は生まれてこのかた合コンに誘われた試しがないし、友人に誘ってくれと頼んでみても、友人自体が合コンに参加した経験がなかったりする。

　友達を紹介してくれ、というのも難しくなってきた。就職してからは仕事に追われ、学生時代の友人たちと疎遠になった。特に柚希は接客業で土日は基本出勤なので、ほとんどの友人と休みの日が合わない。仕事帰りに定期的に顔を合わせていたのは地元友達の美幸ぐらいのものだった。

　その美幸も、来年の今頃には一児の母だ。子供の面倒を見るのに忙しく、夫の友人を紹介するどころか外で会うことすら覚束なくなるだろう。

　そしてその頃自分はもう二十九歳ではなく、三十歳になっている。

（――……もう駄目だ）

　二十九歳と三十歳。数としてはたったひとつしか違わないが、二十代と三十代の間には埋めるに埋められない深刻な溝がある。だからこそラスト一年にすべてをかけるつもりでいたのに、頼みの綱だった美幸がこのタイミングでおめでたとは。

　家と職場を往復するだけの現状で新しい人間関係を築く術《すべ》など思いつかず、このまま家族や同僚といった慣れ親しんだ顔ぶれの中で諾々と歳ばかり重ねていくのだろうかと思ったら全身から力が抜けた。

「姫様？　お加減でも悪いのですか？」

いつまでも俯いたままの柚希を案じたのか黒兵衛が声をかけてきた。わずかに顔を上げて視線を横に滑らせると、ソファーの肘掛けにちょこんと乗った黒兵衛がこちらを見ていた。子供の頃から変わらない、くりくりと丸い目を覗き込んだら自然と口から弱音が漏れた。

「……黒兵衛、私ってそんなにまずい見た目してる？」

黒兵衛は肘掛けの上で一跳ねすると、とんでもないとばかり大仰に両方の羽を広げてみせた。

「滅相もない！　姫様は大変お美しくていらっしゃいます！」

「……本当にそう思う？」

「もちろんでございますとも。姫様がお生まれになったのは麗《うら》らかな晴れの日で、初夏の日差しの中で微笑む姫様のなんと愛くるしかったことか。長じるにつれますますお美しく成長した姫様は私の自慢で――」

「だったらどうして、この年になって恋人のひとりもできないわけ!?」

柚希の手の中でビールの缶がガコッと鈍い音を立てる。勢いで中身が手にかかったが、電気ケトルよろしく一瞬で沸騰した柚希の気持ちは収まらない。

「私だって毎晩パックだのマッサージだの欠かさないし服だって手を抜いてるわけじゃないのにどうして！　出会いってどこに転がってんの！」

「まぁまぁ、姫様。そう悲観的にならずとも……」

「なるに決まってんでしょ、二十九歳崖っぷちなんだから！」

ヤケクソ気味に叫んで缶のひしゃげたビールを一息に呷ると、黒兵衛は不思議そうな顔で首を傾げてしまった。

「二十九など……まだ生まれて間もない赤子のようなものではありませんか」

「寿命があるんだかないんだかわかんないアンタたち妖怪と一緒にしないでくれる？」

「それに姫様、もしも九十九歳まで純潔を守ることができれば、姫様も立派な付喪神《つくもがみ》になれるやもしれませんぞ！」

「嬉しくない！」と柚希は黒兵衛を一喝する。

大体、二十九歳の女性を赤子扱いする妖怪なんかと生活しているから自分の感覚もずれていくのだ。もっと早く危機感を持つべきだったと柚希は空になった缶をテーブルに叩きつけた。

「妖怪なんて見えるから彼氏もできない！　もっと普通に生まれたかった！」

柚希の言葉が終わらぬうちに、居間の天井に渡された梁がギシリと軋《きし》んだ。きっと家に棲《す》みつく家鳴《やな》りたち――これも妖怪の一種で小さな鬼が家や家具を揺らして音を立てる――が上げた抗議の声の代わりだろう。姿こそ見せないものの、襖の隙間やサイドボードの裏からひしひしと注がれる視線を感じて柚希は眉根を寄せた。彼氏ができない原因を自分たちに押しつけるな、という妖怪たちの無言の非難を感じる。

柚希とて八つ当たりなのは自覚しているから分が悪い。だからといって素直に前言を撤回する気にもなれず、多少酔いが回ってきたのも手伝ってことさら大きな声で宣言した。

「もう、こんな妖怪屋敷出ていってやる！　今年中に、絶対！」

「まぁまぁ姫様。まずはお母上の用意してくださったおにぎりでもいただきましょう、少し落ち着きますぞ」

ソファーの肘掛けからガラスのローテーブルに飛び移った黒兵衛が、癇癪《かんしゃく》を起こした子供でもなだめるような口調でおにぎりの載った皿を柚希のほうに押し出してくる。まだ子供扱いするつもりかと反論しかけた柚希だが、体のほうが素直に胃を鳴らして空腹を訴えたため、結局むすっとした顔でおにぎりに手を伸ばしそれを頬張った。

本日は終日快晴。湿度も低く、洗濯物がよく乾くでしょう。なんてことを朝のニュースで言っていたが、柚希の職場からは外の様子がほとんどわからない。

柚希の勤務先は駅前にあるデパートのコスメ売り場だ。売り場は一階にあるので、ガラス張りの正面玄関から外を眺めれば晴れか雨かくらいの判断はつくのだが、柚希が担当する売り場は入口から一番遠く、外の様子を窺うことができない。建物の構造上窓らしい窓もなく、天気はおろか外が暑いのか寒いのかすらデパートを出てみるまでわからないのだった。

　黒のパンツスーツにピンヒールを履いた柚希は、カウンターの裏に屈みこんで品出しをしながらあくびを噛み殺す。平日の午前、カウンターには数名の客が腰を下ろして接客を受けている。こんな時間にやってくる客は概して時間を持て余しており、次々と商品の説明を求め新しい試供品を所望して、対応しているスタッフたちは忙しそうだ。

　マスカラやアイライナーがよれないよう、目元ににじんだ涙をそっと拭って柚希は溜息をつく。昨夜はうっかり深酒になり、もうすぐランチタイムだというのにまだ少し頭が熱っぽかった。

　アイブロウの入った細長い箱を指先で辿り、柚希はジャケットの胸元につけたネームプレートに視線を落とす。角が丸くなった長方形のプレートには、『山城』と印刷されたテープが貼られているが、カウンターの向こうで接客しているスタッフはプレートそのものに名前が印刷されている。正社員と準社員の差だ。

　またぞろ口元から溜息が漏れた。昨日は黒兵衛たちの前で実家を出るなんて息巻いたものの、柚希は職場で準社員の扱いだ。給料はそんなによくないし、この不景気なご時世いつ首を切られるかわかったものではない。こんな状況でひとり暮らしを始めるのは正直心許なかった。

(とはいえ親だっていつまで元気でいてくれるかわからないし……)

最近、学生時代は考えたこともなかった不安が胸を過るようになった。ひとりっ子の柚希は両親を失ったら身近に頼れる相手がいなくなってしまう。もしこのまま結婚相手も見つからなかったら、無駄に広い実家で一生ひとりで過ごすことになるのだろうか。

想像しただけで寒々しい気分になり、柚希は不吉な未来予想図を振り払うつもりでせかせかとアイブロウの箱を段ボールから取り出した。

(高望みしてるわけじゃないのになぁ……)

改めて、自分の理想を列挙してみる。

顔立ちに強い思い入れはない。人並み程度で十分だ。収入もこだわらない。とりあえず真面目に働いている人ならいいだろう。強いて言うなら自分より背が高いほうがいいと思うくらいだろうか。柚希の身長は百六十九センチ。しかしこれは自称であって、高校二年の身体測定で百六十九を記録して以来、柚希はまともに身長を測ったことがない。もしかすると数センチくらい伸びているかもしれない。

(あとは眼鏡とかかけてくれてるといいなー、とは思うけど……いやそれだって絶対ってわけじゃなく……)

「柚希さん、ちょっといいですか」

つらつらと好みの男性のことなどを考えていると、カウンターの向こうからひょいと顔を覗き込まれた。慌てて立ち上がると、まだ接客中と思しきスタッフが小声で囁く。

「コットンが切れちゃったんで持ってきてもらえますか。あと綿棒も」

直前まで愚にもつかない妄想を繰り広げていたことなどおくびにも出さず、了解、と頷いて柚希はカウンターを出る。すると、待ってましたとばかりあちこちから柚希に声がかかり始めた。

「柚希さん、ネイルリムーバーの在庫まだありましたよね？」

「柚希さん、新規のお客様なんですけど、新しいポイントカードは……」

「柚希さん、来月発売予定の口紅のサンプルどこでしたっけ」

声をかけてくるのは皆柚希より年下のスタッフだ。柚希は準社員だが大学卒業と同時にこの職場に就職したので勤務年数だけは長い。ネームプレートに名前を印刷された正社員さえも、弱り顔で柚希を頼ってくることが多い。

他人に頼られるとつい張り切ってしまう柚希は、相手がバイトだろうと正社員だろうと分け隔てなく全力でサポートする。それを上司にアピールすることもなく、結果自分の手柄になるべき売り上げが正社員に回ってしまっても気にしない。それどころか、よかったじゃない、と屈託なく笑ってその背中を叩いてしまうこともしばしばだ。

柚希の人生はそんなことの連続だ。就職活動中は、試験会場で偶然出会った友人が筆記用具を忘れたと半べそをかいているのに同情してペンケースを渡し、自分はシャーペン一本で試験に臨んだものの、途中で芯がすべてなくなって試験に落ちたとか、試験会場に向かう途中で別の会場を捜している友人と遭遇し、一緒に道を捜していたら自分が試験に遅刻したとか。

恋愛も得てしてそのパターンが多い。他人の恋を応援しているうちに自分のチャンスを逃している。

いつまで経ってもその自覚がないだけに生き方を改められない柚希は、今日も年下のスタッフたちのために売り場を駆けまわっている。

柚希さん、柚希さん、と四方から声をかけられ相手の顔も確認せず返事をしていたら、売り場に面した通路から呼び止められた。

「……柚希さん？」

「はい！　何か――」

今度はなんだとばかり通路に向かって素早く振り返った柚希は、言葉の途中で不自然に声を止めてしまった。

そこに立っていたのが店のスタッフではなく、濃紺の着物に黒い帯を締めた、和装の男性だったからだ。

コスメ売り場で男性客を見かけることは珍しい。しかも相手は年若く、柚希は「いらっしゃいませ」と挨拶をすることも忘れてその場に棒立ちになった。

和装の男性は柚希の顔から目を逸らそうとせず、もう一度柚希の名を呼んだ。

「……柚希さん、で合っていますか？」

「え……、は……はい！　柚希、ですが……？」

どう考えても初対面としか思えない相手がどうして自分の名前を知っているのだろう。

うろたえる柚希の表情を読んだのか、相手は口元に微かな笑みを浮かべた。

「お店の人たちが貴方を柚希さんと呼ばれているようだったので……」

「あ、それで……」

以前どこかで会ったことがある人、というわけではないらしい。

ようやく少し落ち着きを取り戻した柚希は、サッと男性の全身に視線を滑らせる。

着物に下駄を履いた男性は、柚希と同年代といったところか。地下の食料品売り場で買い物でもしてきたのか、片手に和菓子店の袋を持っている。黒い髪は清潔に整えられ、顔立ちは服装に見合ったすっきりとした和顔だ。目元は涼やかで、筋の通った鼻に縁の細い眼鏡をかけている。

無自覚に、柚希は胸中で快哉《かいさい》を叫んだ。

(若い！　顔も悪くない！　しかも眼鏡！　ああ、午後から来てくれてたらフルメイク直してたのに……！)

柚希の職場では、スタッフは昼休みに必ずメイクをすべて落としベースから直す決まりになっている。昼休み直前の今は一番メイクがよれている時間だ。目の下にマスカラでも落ちていないかと柚希は視線を泳がせた。

せっかく若い男に声をかけられたのに、と歯噛みしかけ、思考が先走っていることに気づいた柚希は慌てて己に言い聞かせる。

（いや、ぬか喜びは禁物だ！　もしかすると彼女と一緒なのかもしれないし！　そうでなくても彼女のお使いで買い物に来る男の人も少なくないし……！）

面識のない男性に声をかけられるなんて滅多にないことなのでいっぺんに舞い上がってしまった。柚希は自分を落ち着かせるつもりで大きく深呼吸をする。

動揺も甚だしい柚希をよそに、和装の男性は着物の懐からボールペンと懐紙《かいし》を取り出し、さらさらとそこに何かを書きつけた。内容を確認する間もなく、相手がそれを差し出してくる。

やはりお使いか？　と多少落胆した気分で紙を受け取った柚希だったが、そこに書かれていたのは口紅の商品名でもなければ品番でもない、十桁の数字の羅列だった。

ところどころ横線を挟んだ数字を眺め、これは電話番号ではないか、と気づいて顔を上げると、正面に立っていた男性の真剣な眼差しとぶつかった。

思いがけない眼光の鋭さに気圧され柚希が一歩後ろに下がると、離れた距離の分だけ相手も足を踏み出し、グッと声のトーンを落として囁いた。

「突然こんな不躾《ぶしつけ》なことをして申し訳ありません。ですが……もしよろしければ、お仕事が終わった後にでも、そちらにご連絡いただけませんか」

他のスタッフの耳に届かぬよう配慮したのか、密やかな声で告げられた言葉に柚希はギシリと硬直する。とっさには頷くことも首を振ることもできなかった柚希を見て、相手はたちまち困ったような顔になって身を引いた。

「急なことで、本当にすみません。詳しい話は、お電話をいただけたときにでも……」

そう言ってぺこりと頭を下げると、男性は下駄を鳴らしてその場を後にした。

残された柚希は濃紺の着物姿が通路の向こうに消えて見えなくなってしまうまで、渡された紙を握り締めて一歩も動けなかった。

随分長いことマネキンのように固まってから、これは、と口の中で呟く。

（これはもしや……ナンパというやつでは……）

電話番号を渡して『連絡ください』。これがナンパでなくてなんだろう。柚希にとっては人生初ナンパだ。初めて男性から声をかけられた。

人知れず感動に打ち震える柚希の背に、控え目な声がかけられた。

「柚希さん、そろそろ一便の休憩時間なので、お先にどうぞ」

スタッフの声で我に返り、柚希は慌てて手にしていた紙をジャケットのポケットに押し込んだ。何気ないふうを装い、ありがとう、と返してカウンターの後ろに飛び込むと、財布や携帯などの私物が入った半透明の社員バッグを持って社員食堂へ向かう。

従業員専用通用口の前で売り場に向かって一礼してから観音開きの扉を開く。売り場とは一転して薄暗い通路を歩きながら、柚希は社員バッグから携帯電話を取り出した。

（さ、さすがにこんなすぐに連絡するのもどうかな……軽い女だと思われる……？）

ポケットから電話番号の書かれた紙を取り出し通路の端で立ち止まる。せめてあと数時間、仕事が終わるまで待ったほうがいいだろうか。それにこの番号、携帯ではなく明らかに固定電話の番号だ。もしも自宅の番号だとしたら、先ほど売り場を立ち去ったばかりの男性が電話に出る可能性は低い。

しかしせめて繋がるかどうかだけでも確かめたい。もし単なるいたずらで滅茶苦茶な番号が書いてあったら、そんなもののために一日そわそわして過ごすのも癪だ。

なんだかんだと理由をつけて自分を納得させると、柚希は思い切って紙に記された番号に電話をかけた。耳元に携帯を押し当てると間を置かずにコール音が鳴り響き、どきんと心臓が跳ね上がる。ちゃんと使われている番号だ。

まさか先ほどの男性は出ないだろう。でも出てしまったらなんと言おう？　そこまで考えずに電話をかけてしまった柚希は必死で適当な言葉を探す。緊張が高まり心臓が喉元まで迫り上がってきそうだ。もういっそ誰か出る前に電話を切ってしまおうかと思った矢先、ガチャリと受話器を取る音がした。

危うく、ヒッと喉を鳴らしそうになった。とっさに通話ボタンを押そうとした柚希の耳に、穏やかな声が流れ込む。

それは先ほどの男性の声ではなかった。

そしてその声が紡ぐ言葉も、柚希が漠然と思い描いていた台詞とはまるで違った。

『はい、柳神社でございます』

受話器の向こうから響く女性の声が告げたのは、なぜか神社の名前だった。


柚希の職場は週休二日。出勤時間は早番と遅番で異なり、交代制となっている。

早番の今日、柚希は午後の六時を過ぎる頃デパートを出た。

六月に入り、この時間でも空の端にはうっすらと日が残っている。警備員のおじさんに見送られ店員用の通用口から外へ出た柚希は、背の高いビルとビルに囲まれた狭い空を見上げた。

空の色に見惚れているようにも、物思いに沈んでいるようにも見える表情で立ち竦《すく》む柚希の耳に、バサバサと大きな羽音が聞こえてきた。直後左肩にずしりと重みがかかり、柚希は眉根を寄せて肩口を見遣る。

「お疲れ様でございます、姫様。お迎えに上がりましたぞ！」

騒々しい声と共に現れたのはカラス天狗の黒兵衛だ。山伏の衣装を着ているおかげで電線に止まる野生のカラスより一回り大きく見えるその姿を一瞥して、柚希は軽く肩を回した。

「迎えはいらないっていつも言ってるでしょ。子供じゃないんだから」

「そうおっしゃいましても、夜道でもし姫様に何かあったらと思うと心配で」

柚希の肩からパッと飛び立った黒兵衛は心底案じた様子でそんなことを言う。

柚希が小学生の頃の名残《なごり》なのだろう。近所に同級生が住んでいなかったおかげで、柚希はしばしば夜道をひとりで歩いて家に帰ってきた。外灯も人通りも少ない道は子供心にも心細く、途中で黒兵衛が迎えに来てくれると随分ホッとしたものだ。

とはいえ、柚希はもう子供ではないし迎えも必要ない。一応は柚希の言葉を尊重しているつもりか黒兵衛も毎日は迎えに来ないが、ほとんど一日おきにこうして職場の前で柚希が出てくるのを待っている。

過保護すぎる、と柚希はほとんど唇を動かさずに呟く。他人の目に妖怪である黒兵衛の姿は見えないので、人目の多い公道ではこうして口を動かさずにしゃべるのが常だ。そうしないと、柚希は完全に独り言の大きい不審者になってしまう。

肩から下げた鞄を持ち直して柚希が歩き始めると、ぱたぱたと羽を上下させて黒兵衛もついてくる。そしてすぐに、柚希の歩くルートが普段とは異なっていることに気づいて横から柚希の顔を覗き込んできた。

「姫様、ご自宅に帰られるのでは？」

「ちょっと用事があって……黒兵衛は先に戻っててもいいよ」

というよりむしろ戻っていて欲しい、という柚希の願いを無視して、黒兵衛は白いボンボンをぶら下げた胸を大げさに反らしてみせた。

「いえいえ、でしたら尚更この黒兵衛がお供しなければ！　夜道は物騒ですからな！」

くそぅ、と柚希は口の中で低く呻《うめ》く。妙な責任感のある黒兵衛のこと、帰れといっても帰らないのは火を見るよりも明らかだ。諦めて、柚希は無言で目的地を目指した。

普段通っている帰り道から一本外れた道を歩き、途中で自宅とは反対方向に曲がる。五分も歩けば駅前にひしめいていた飲食店はすっかり姿を消して、小ぢんまりとしたマンションやアパートばかり並ぶようになってくる。

歩き続けているうちに、それまで聴覚のほとんどを支配していた車道を走る車の音が、急に木々のざわめきにとって代わった。道端のブロック塀が椿《つばき》の生け垣に変化し、どことなく空気が清涼になる。

左手に見ていた生け垣が途切れた場所で柚希は歩みを止める。生け垣の内側に視線を走らせると真っ先に鮮やかな朱色の鳥居が見えた。鳥居の手前には石碑が立っており、『柳神社』と彫り込まれている。

（………来てしまった）

柚希は肩にかけた鞄の持ち手をぎゅっと握りしめる。

この神社こそ、昼間職場へやってきた男性が置いていった電話番号先だ。てっきり男性の自宅に繋がるとばかり思っていたのが神社に繋がったときはうろたえて早々に通話を切ってしまったが、その後携帯でネット検索して神社の電話番号や所在地を確認したので間違いない。

神社の入口に立ち、柚希はざっと辺りを見回した。

鳥居の向こうには参道が続いていて、両脇に灯籠《とうろう》や手水舎《ちょうずや》が並んでいる。奥には小振りな石造りの鳥居があり、その向こうに社務所《しゃむしょ》や拝殿があるようだ。参道は途中で右に折れるルートもあり、恐らく裏参道に続いているのだろう。境内のそこかしこに幹の太い立派な大木が生えており、微かな風にも枝葉が鳴る。

職場の側《そば》に神社がある、ということくらいは柚希も知っていたが、こうして足を踏み入れるのは初めてだ。想像していたよりもずっと広く、やはりいたずらだったのではないかとこの期に及んで二の足を踏んでしまう。

パンプスの踵でこつりと石畳を叩いて後ずさりした柚希の背後で、おや、と黒兵衛が何かに気づいたような声を上げた。ぎくりとして、何？　と返す声も自然と上擦る。

「いえ、この神社……よく姫様の曾お爺様がいらっしゃっていたもので」

なんだ、と柚希は肩の力を抜く。職場にやって来た男性とは無関係な話題のようだ。

「ここ、曾お爺ちゃんの散歩コースだったの？」

「そうですな。中には入らず、いつもここから神社を眺めておいででした。ときどき境内に妖怪の姿を見つけると、手招きして家に連れ帰っていらっしゃったものです」

懐かしそうに目を細める黒兵衛に、柚希は気のない相槌を打つ。

確かにこうした場所なら妖怪の類も多くいそうだ。神社の軒下に捨てられた子猫や子犬を子供が拾ってくるようなものだろう。柚希には自分から妖怪を探してまで家に連れ帰ろうとする気持ちなどさっぱりわからないが。

溜息をついたら緊張で強張っていた体からも少しだけ力が抜け、柚希はようやく朱色の大きな鳥居をくぐった。

石畳にヒールの音が響く。もう時間も遅いせいか、境内に参拝客の姿はほとんどない。

単なるいたずらに引っかかってしまっただけだとしても、折角《せっかく》神社へやってきたのだ。せめて良縁祈願でもしていこうと二つ目の石の鳥居をくぐった柚希は、そこでぴたりと足を止めた。

明かりの漏れる社務所の前に、人影がある。白い着物に浅黄《あさぎ》色の袴《はかま》を穿《は》いたその姿は、どうやらこの神社の神主のようだ。ほうきで社務所の前を掃き清めていたその人物が、柚希に気づいて顔を上げる。

細面に眼鏡をかけたその人物には見覚えがあり、あっと柚希は小さな声を上げた。昼間、柚希にこの神社の電話番号を渡してきた男性だ。

相手も柚希の顔を見ると一瞬驚いたような顔をして、すぐに鳥居の下に立つ柚希の元に歩み寄ってきた。

「……柚希さん、でしたよね。わざわざ来てくださったんですか?」

口早に言いながら大股で近づいてきた相手を見て、柚希は一気に心拍数が上昇するのを感じた。電話番号を渡されたのが単なるいたずらではなかったことに安堵《あんど》すると同時に、再会した男性の顔が改めて見てもさほど悪くないことに内心ガッツポーズをする。

相手は柚希の前で立ち止まると、ほうきを片手に深々と頭を下げた。

「昼間は突然失礼しました。この神社で神主を務めております、柳正臣《やなぎまさおみ》と申します」

ようやく相手の名前を知り、はい、と答える声が裏返る。そんな二人の様子を後ろで見ていた黒兵衛が、我慢しきれなくなったように柚希の耳元で囁いた。

「姫様、こちらのお方は……?」

「今は黙ってらっしゃい……!」

横顔を覗き込んできた黒兵衛を、柚希は先ほどとは一転して低く潜めた声で一喝する。さすがにこの至近距離では正臣の耳にも声が届いてしまったらしく、正臣が不思議そうな表情で顔を上げたものだから柚希は慌てて咳払いをした。

「いえ、その、ご丁寧にどうも……。あの、私は山城柚希と申します」

なるべく育ちのいいお嬢さんに見えますように、と祈りながら柚希も丁寧に頭を下げる。そうして再び顔を上げると、なぜか正臣が眼鏡の奥で軽く目を見開いていた。

何かおかしなことでも言ったかとひやりとしたが、柚希の顔色に気づいた正臣は慌てた様子で胸の前で手を振った。

「いえ、てっきり僕は、柚希さんというのが苗字なのかと思っていて……お店では皆さんそう呼んでいらっしゃったので」

すみません、と呟いて、どこか気恥ずかしそうな様子で眼鏡のブリッジを押し上げる正臣の仕草に、柚希はうっかり拳で膝を叩きそうになった。

（悪くない！　素朴で真面目そうな好青年じゃない！　まったくもって悪くないわよ！　よくぞ声をかけてくれた！）

柚希は胸で叫んだ勢いのまま一歩前へ足を踏み出して力強く言った。

「いえ、全然構いません！　皆そう呼びますから柚希で結構です！　私もそのほうが慣れてますから！」

「そ、そうは言われましても……」

「それより、私に声をかけてくれたのは一体どういったご用件で！」

そちらの話が先だ、とばかり詰め寄ると、正臣の表情にサッと緊張が走った。正臣は周囲を見回した後、こんなところでは落ち着かないので、と柚希を社務所に案内した。

社務所に向かう途中、白い着物に包まれた正臣の背中をチラチラと見て柚希は何度も前髪を耳にかけ直した。これから一体何を打ち明けられるのだろうと思うと、石畳を歩く足元も雲を踏むようで落ち着かない。

（まさか一目惚れとか……運命の相手とか!?）

年齢とイコールだった彼氏いない歴に、今日ようやく終止符が打たれるのだろうか。まだ要領を得ない顔で後ろからついてくる黒兵衛のことも忘れ、柚希は正臣に導かれるまま社務所に上がり込んだ。

お守りやおみくじを売っている社務所の中は存外広く、売り場からは見えなかった茶の間のような場所に柚希は通された。

四畳半ほどの狭い和室の中央には卓袱台《ちゃぶだい》が置かれ、柚希と正臣は台を挟んで相向かいに腰を下ろす。

緊張を隠せない柚希の顔を正面から見詰めた後、正臣は卓袱台の上で両手を組み、重々しい口調で切り出した。

「……突然こんなことを言うと、驚かれるかと思いますが……でも、一目見たときからどうしても気になったんです」

真剣な正臣の口調に、柚希はろくな反応もできず硬直する。

これはもう、間違いない。間違いなく告白の伏線だ。人生初の告白タイムが今始まる。

そう思うと緊張と期待で体を真っ直ぐにさせておくのも難しい。

　メタメタと全身の力が抜けて畳に手をついてしまいそうになる柚希に、正臣はグッと険しい顔になってこう告げた。一本芯の通った声で、はっきりと。

「実は……貴方の背後に、邪悪な妖怪の気配を感じるんです！」

　はい！　と元気よく返事をしようとして、柚希は直前で思いとどまった。

　今の台詞、思っていたのと何か違わなかったか。

　好きだとか、つき合ってくださいとか、そういう内容ではなかったような。

「………妖怪？」

　何かの聞き間違いかと思い掠《かす》れた声で柚希が尋ね返すと、正臣はどこまでも深刻な顔で大きく頷いた。ほほー、と肩口で黒兵衛の感心した声が上がる。

「このお方、我らの気配がわかるようですな」

　すっかりその存在を失念していた黒兵衛が耳元で呟いて、ぎこちない動きで背後を振り返るとどしりと肩に黒兵衛が止まった。顔を前に戻すと、正臣が険しい顔つきでこちらの返事を待っている。冗談を言っているふうではない。

　事情がわかった途端、柚希は先ほどとは違った理由で脱力して畳に突っ伏してしまいそうになった。

（何かと思ったら……何かと思ったらそんなこと！　あああ、神主とか言ってる時点で気づけばよかった！　期待して超損した！）

　すでに背筋を伸ばしているだけの余力もなく、柚希は卓袱台に肘をついて前かがみになった。そのポーズを衝撃に打ちひしがれているとでも捉え違えたのか、正臣も身を乗り出して力強く声をかけてくる。

「不安になる気持ちはよくわかります、ですからすぐにでもお祓《はら》いをするべきです！　幸いうちの神社でもお祓いは可能ですから！」

「……お祓い、ですか」

「そうです、早めに祓っておかないと今後の生活に支障が出るかもしれません！」

　柚希は知らぬ間に鉛でも埋め込まれたんじゃないかと疑うくらいに重たくなった額を無理やり指で押し上げ正臣を見上げる。相手は至って真剣な顔をしているが、言っていることはかなり荒唐無稽だ。もしもここが神社の社務所でなく喫茶店か何かで、相手がスーツでも着ていようものなら悪徳霊感商法を疑うところだ。とはいえ実際柚希の背後には黒兵衛がいるので正臣の言葉を疑うつもりもないのだが。

　期待が大きかっただけにすぐには気持ちを切り替えられず柚希が黙り込んでいると、正臣は幾分声のトーンを落とした。

「……急にこんなことを言われても、信じられませんか？」

　顔を上げると、信じられないのも仕方がない、と言いた気な弱り顔で正臣がこちらを見ていた。その下に、柚希を案じる表情が強くにじんでいるのも見てとれる。

本当に黒兵衛の気配を感じとっているのだろう。もしくは長年妖怪たちと寝起きを共にしてきた柚希の体に染みこんだ妖怪たちの気配に反応しているのかもしれない。

柚希から目を逸らすこともせず返答を待つ正臣を見て、柚希はわずかに顎を引く。

やはりこの男、顔はいい。

ようやく気を取り直して姿勢を正すと、柚希は乱れた髪を手櫛で整えた。

「いえ、信じていないわけではないのですが、少し驚いて……。だって妖怪なんて」

「わかります、怖いでしょう。今日の今日でお祓いは難しいかもしれませんが、せめてお札だけでも持っていかれますか？」

たたみかけるような正臣の言葉に柚希は軽く身を引く。さっきからやけにお祓いだのお札だの言ってくるが、もしかすると本当に神社ぐるみの霊感商法ではないかと不穏な疑いが頭をもたげた。

高額な祈禱《きとう》料だのお札料だのふんだくられては堪らないと、柚希は弱々しく視線を斜めに落とした。

「そう言っていただけるのはありがたいのですが、あいにく持ち合わせが……」

「構いません、お札は差し上げます。もし日を改めてこちらに来ていただけるのなら、お祓いも無料でいたします」

思いがけない申し出に、柚希は大きく目を見開いて正臣の顔を見返してしまった。お札も祈禱料もタダだなんて神社としてやっていけるのかと他人事ながら心配になる。

ボランティアでもあるまいしどうしてそこまで、と柚希が首を傾げると、その問いに答えるように正臣は柚希の瞳を覗き込み、こう告げた。

「本当に、今日デパートで貴方を見た瞬間から気になって仕方がなかったんです。こんなに強い妖気を纏《まと》っている人は滅多にない。僕はただ、貴方のことが心配なんです」

切々とした表情で訴えられ、一度はクールダウンしていた柚希のテンションが再び盛り上がった。

正臣が声をかけてきた理由は確かに妖怪の気配のせいかもしれないが、ここまで心配してくれるなんてもしかすると少しくらい柚希自身にも興味があるのかもしれない。

柚希は座布団の上に座り直すと、なるべく体が小さく見えるよう肩をすぼめて謙虚《けんきょ》に頷いた。

「では、お祓いを……お願いしてもよろしいでしょうか」

柚希の言葉に、正臣がホッとしたような笑みを浮かべる。同じように小さく微笑み返す柚希は、しかしその背後で黒兵衛がこの世の終わりとでもいう顔で目を剝《む》いていることなどまるで気づいていないのだった。

「姫様、一体どういうおつもりですか。まさか本気で我々を祓うとでも？」

柳神社を出て自宅へ向かう途中、柚希の後ろをのろのろと飛んでいた黒兵衛が堪えきれなくなったように悲愴《ひそう》な声を上げた。

対する柚希はご機嫌で、まさか、と黒兵衛の懸念を笑い飛ばす。

「アンタの姿も見えないような神主さんに、妖怪を消滅させるだけのお祓いができると思う？」

「でしたらなぜ、お祓いのお約束など……？」

あの後、日を改めてお祓いをする約束を正臣と交わした柚希に黒兵衛は心底不思議そうな顔をしたが、そこは適当に言葉を濁した。まさかお祓いを口実に正臣と会う回数を重ね、いずれは……などと不埒《ふらち》なことを考えているとは言えない。

ごまかすために、柚希は背後を振り返って黒兵衛に尋ねる。自宅が近づき人通りもほとんどないので、声の調子は普段家で喋っているときと変わらない。

「それよりも、あの神主さん本当に妖怪の気配に気づいてたと思う？」

黒兵衛は大きく翼を上下させて柚希の後ろを飛びながら、そうですな、と首を傾げた。

「ああいった環境で育ったお方でしたら、気配に気づいたとしても不思議はないかと思われますが」

「あー、多分あの人、宮司《ぐうじ》の息子さんだもんね。神社の名前とあの人の苗字、一緒だったし」

すっかり日も落ちた夜空を見上げ、柚希は遠い昔聞いた祖父の言葉を思い出す。

どうして自分には妖怪が見えるのに他の人たちには見えないの、と子供特有のたどたどしい口調で祖父に尋ねたのは、もう何十年前のことだろう。

妖怪が見える、見えないは持って生まれた性質によるところが大きい。祖父はそれを、目には見えないアンテナに譬《たと》えて幼い柚希に説明してくれた。

妖怪を感じるアンテナは人間が誰しも持っているが、人によって感度が違う。まったく見えなかったり気配だけ感じたり、柚希のようにはっきりと見える者もいる。

ただそのアンテナは生来の性能だけでなく、生まれ育った環境にも多少左右される。というのも、妖怪を見る目は後天的に鍛えることも可能だからだ。

その能力はバレエやピアノと一緒で、子供のほうが上達は早い。特に、いる、と信じて妖怪を探すようになると、元々のアンテナがさほど高性能でなくとも案外見えるようになってしまったりもする。

だが、現代人の多くは端から妖怪の存在を信じていないため、性能のいいアンテナを持っていたとしても大人になる過程でその能力は衰えてしまう。たとえ目の端に何かが映ったとしても、見間違いだと見過ごしてしまうことがほとんどだ。

一方正臣は宮司の息子として神様の存在を信じて育ってきたのだろうから、素直に霊的なものの存在も受け入れられたことだろう。妖怪のような人ならざる者を見る目は無自覚に鍛えられている可能性もある。

そんな話をしながら帰宅した柚希は、夕食後自室に数名の妖怪を招き、今日の出来事についてそれぞれの意見を聞いてみることにした。

普段は、妖怪屋敷に住んでいるなんて冗談じゃない、などといっているものの、柚希にとって妖怪たちは人間の友人に次ぐ相談相手だ。親相手ではちょっと照れくさいことも、彼らには存外素直に打ち明けられる。

「……というわけで早速お祓いに行くことになったんだけど、この神主さんのことどう思う?」

ラグを敷いた床に直接座り込み、ベッドに背をつけて柚希は居並ぶ妖怪を見渡す。

小さなローテーブルを囲むようにしてその場に座っているのは黒兵衛の他、若い娘顔をした能面の付喪神である小夏《こなつ》、尻尾が二つに分かれた猫又の又一《またいち》だ。

まずは黒兵衛が律儀に羽を挙げてからくちばしを開く。

「私はなかなかの好人物とお見受けしました。他人のために無料奉仕をしようとは今どき珍しい若者ではありませんか。実際祓われてしまっては大変ですが」

続いて、テーブルの上までふわりと小夏の顔が浮かび上がった。木彫りの面は頬がふっくらとして、細い筆で描かれた一重の目元や小振りな口元が艶《つや》っぽい。これまでも何度か恋愛相談に乗ってくれている小夏は柚希にとって姉のような存在だ。そして黒兵衛と違い、きちんと柚希の本音も汲み取った上で適切な助言をくれる。

「確かに話だけ聞くといい人みたいだけど、結局それってタダ働きしてるってことでしょう？　他人ならいい人ですむ話でも、自分の夫だったらどうかしら。仕事もそっちのけでお金にもならない他人の厄介ごとに首を突っ込むなんて」

うぅん、と柚希は低く唸る。さすが、何世紀にもわたり世の中の酸いも甘いも嚙み分けてきた女は言うことが違う。

どうして突然夫の話になるのだ？　と首を傾げる黒兵衛と、わからないなら黙ってらっしゃい、と軽くいなす小夏を横目に柚希は腕を組んだ。

確かに、金銭も受け取らずお祓いをする正臣はちょっと変わっている。自分のことを心配してくれた、と思うだけなら嬉しいが、他の人間にもそんなことばかりやっているのだとしたら家業のほうは大丈夫なのかと膝を詰めて問い質したくなるところだ。

「一応お祓いの約束はしてきたけど、やっぱりやめておいたほうがいい？」

すると今度は、猫又の又一がテーブルの縁からひょいと顔を覗かせた。

又一は二つに分かれた尻尾で器用にバランスをとり人間みたいな格好でテーブルの前に座ると、電灯の下で緑に光る目をわずかに眇《すが》めた。

「それ以前に、柚希に選り好みなんてしてる余裕あるの？　人間の女の人って結構婚期短いって聞いたけど？」

それはざっくりと柚希の胸を抉る台詞だった。

勢い込んで言い返そうとしたものの、実際それが一番切実な問題なだけに何も言えない。

助けを求めて小夏に視線を向けると、小夏もテーブルの上で顔を傾けてしまった。

「まぁ、花の命は短いって言葉もあるし。何もしないで足踏みしてるくらいなら、少しくらいの失敗は覚悟で動き出してみるのもいいんじゃない？」

「そうだよ、もう二の足踏んでる暇なんてないでしょ？」

小夏の語尾を奪い小憎たらしい言葉をかぶせてくる又一をひと睨みして、しかしそれが事実だと柚希は肩を落とした。

初対面の相手が妖怪に憑かれていると気づくなり思い余って電話番号を渡してきたり、無料でお祓いをするなんて申し出たり、正臣のやっていることは正直どういう理屈なのかよくわからないが、今はそこにこだわっている場合ではない。

（そうだ。私はもう、正真正銘崖っぷちに立たされてるんだから！）

もはやおとなしく待っていればどこからともなく良縁が降って湧くような時期はとうに過ぎた。ラスト一年、どんなに細い縁でも自ら手を伸ばしてもぎ取っていかなければ。

「私、お祓いしてもらってくる！」

決意も新たに柚希が宣言すると、小夏は励ますように唇の端を持ち上げ、又一は拍手のつもりか両手の肉球を叩き、黒兵衛だけはまだ本当に祓われないか心配している様子で悄然と肩を落としたのだった。


仕事が休みの平日の午後、柚希は再び柳神社を訪れていた。

前回はパンツスーツにピンヒールという仕事服だったが今日は私服だ。だが、普段からパンツスタイルを好む柚希の普段着と今日の服は明らかに異なる。

柚希が着ているのは淡いクリーム色の地に細かい花柄が飛んだワンピースと、踵がぺたんこのパンプス。何を隠そう、今日のためにわざわざ新調した服装だ。柚希のワードローブにはもっと小ざっぱりしてユニセックスな無地の服しか並んでいない。

神社の鳥居をくぐる前に、柚希は慣れない仕草でスカートの裾を払う。自分には似合わないとずっと避けてきた類の服なので、道中も人目が気になって仕方なかった。

「男の人には積極的に女をアピールしていったほうがいいわよ。前回パンツスタイルだったのがスカートに変わっただけで自分に気があるのかって勘違いしてくれるんだから」

そんな小夏の言葉にすっかりそそのかされてこのような服装で神社を訪れたわけだが、やはり慣れない格好というのは気恥ずかしい。

正臣にもこちらの気張りようがばれてしまうのではないかとグズグズその場にとどまっ

ていると、柚希の足元をするりと何かが駆け抜けていった。

「こら、待たんか。おとなしくしているというから連れてきたのに、お前は」

黒兵衛が柚希の足元を滑空して、先に鳥居をくぐろうとした者を捕まえる。

黒兵衛の脚に肩を摑まれ振り返ったのは先日柚希が拾ってきた小鬼だ。味海苔のような眉毛と黒豆みたいな目に、蒲鉾をひっくり返した形の口元。何度見ても気の抜けるその顔を見下ろし、ようやく柚希も肩の力を抜いて鳥居をくぐった。

参道を歩き二つ目の鳥居を抜けると、拝殿の前に正臣が立っていた。柚希を待っていたのだろう。今日も浅黄色の袴を穿いて、近づいてくる柚希を眼鏡の奥からジッと見ている。

柚希は肩から下げた小さなハンドバッグ（これも新調した）で無意識に花柄のワンピースを隠し、俯き加減で正臣の前に立った。

やはりどうにも気恥ずかしい。だが、パンプスだけは踵のないものを選んできて正解だ。前回は軽く正臣を見下ろす格好になってしまったが、今日は柚希のほうが若干目線が低い。

（前とは全然服装の毛色が違うけど……な、何か勘づいた!?）

上目使いでちらりと正臣の表情を窺ってみる。

正臣はゆっくりと柚希の顔、肩、足元へ視線を落とし、厳かに口を開いた。

「……やはり、憑いていますね。早速お祓いしましょう」

半ば予想していたことではあったが、正臣は柚希の服装の変化にはまったく気づいていなかった。当然、職場で買ったピンクの口紅など目にも入っていないことだろう。彼氏持ちの友人の話によれば、男の人なんて前髪を切っても気がつかないというくらいだから仕方がない。そう自分を慰め、柚希は正臣に促されるまま拝殿の前に立った。

正臣が事前に用意しておいてくれた柄杓《ひしゃく》を受けとり手と口を清める。口紅が多少落ちたかもしれないが、どうせ正臣は色の違いにも気づいていないのだからどうということもない。

拝殿前の階段を上がると、入口に垂らされていた御簾《みす》が上げられ奥へと通された。思い描いていたより中は広く、部屋の中央の奥まった場所にある祭壇には鏡や榊の他、水と塩が供えられ、両脇に赤と緑の鮮やかな幟《のぼり》が下げられていた。

柚希は正臣に言われるがまま、祭壇の正面に置かれた座布団に腰を下ろす。続いて隣に黒兵衛が舞い降りて、さらにその隣に小鬼がちょこんと腰を下ろした。神様のおわす神聖な場所に、こうして人と妖怪が並んで座っているなんて妙な感じだ。

「では、これから祓いの儀式を始めます」

祭壇の斜め前に正座をした正臣が改まった声で告げる。柚希も、よろしくお願いします、と丁重に頭を下げたが、隣で足を伸ばした小鬼がぶらぶらと左右に爪先を揺らしているのでどうにも緊張感に欠ける。

妖怪の気配を漂わせていたほうがいいだろうと黒兵衛たちを連れてきたが、小鬼は留守番させておいたほうがよかったかとぼんやり考える柚希の傍らで、黒兵衛が感心したような声を上げた。

「姫様、この若君、思ったよりきっちり儀式を執り行ってくださりそうですぞ」

作法がわからないなりに深く頭を下げていた柚希は、黒兵衛の言葉に誘われ上体を倒したまま視線だけ正臣に向けた。

祭壇の斜め前に座した正臣は懐から何やら紙を取り出し、もう一方の手に持った木べら――ひな人形のお内裏様が持っているあれだ――の裏に持ち添えている。その体勢で小さく座礼すると立ち上がり、きっちり三歩で祭壇の正面へやってきて体を反転させ、さらに三歩で祭壇の手前に立ち止まり、そこで再び小さな礼をした。

ほうほう、と黒兵衛はますます感じ入ったような声を上げる。

「最近では祓いの儀式も簡略化されることが多いのですが、この若君はお作法どおりですな。しかも所作が大変に美しい」

「……作法とかって決まってるの？」

「勿論ですとも。ああして立ち止まった後、祓案《はらえあん》の前に進み出る歩数もきちんと決まっております。ほら、ちょうど三歩でしょう」

柚希の家に棲みつく前は山で厳しい修行を積んできたという黒兵衛はこうした儀式に詳しいらしい。無料のお祓いなんて簡単なものだとばかり思っていた柚希は、予想外に本格的な儀式に何やら申し訳ない気分になってきた。こちらは本気で妖怪を祓ってもらうつもりなどまるでないというのに。

ようやく良心の呵責《かしゃく》を感じ始めた柚希の前で正臣は祭壇の前に立ち、木べらの後ろに持っていた蛇腹《じゃばら》に折りたたまれた紙を広げる。黒兵衛の解説では、あそこに書かれた祝詞《のりと》をこれから読み上げるのだそうだ。

正臣がこちらに背中を向けているのをいいことにすっかり体を起こした柚希が紙に書かれた文字に目を凝《こ》らそうとしたとき、ギシ、と拝殿の床が鈍く鳴った。

拝殿内には柚希と正臣の他に誰もいない。音の出所を探して視線を巡らせると、再びギシリと床が鳴る。しかもその鈍い音はだんだん連続して響くようになり、しまいには床だけでなく祭壇までカタカタと鳴り始めた。

「……何これ、家鳴り？」

「いえ、そのような者がいるとは思えませんが……。これは何か、神聖な力が働いているのやもしれません」

黒兵衛と声を潜めて言葉を交わしているうちに、今度は正臣の体の周囲に青白い光が集まり始めた。

普通の人間だったら見えなかったかもしれない。だが、長年妖怪だの怪異現象だのを目の当たりにしてきた柚希の目ははっきり捉えた。ときおり空気中でバチッと弾ける小さな稲妻のような光を。

（――ヤバい、本物だ！）

思うが早いか、柚希は呑気《のんき》な顔で正臣の姿を見物していた黒兵衛と小鬼に潜めた声で告げた。

「アンタたち逃げなさい！　これじゃ本気で祓われる！」

花火でも眺める風情で正臣の周囲で弾ける光を見ていた黒兵衛は、柚希の言葉で我に返った顔になると慌てて飛び上がり、くちばしで小鬼をせっついてあたふたと拝殿から逃げていった。

黒兵衛たちが立ち去ると、ほどなくして正臣の低くこもった声が拝殿内に響き始めた。祝詞を上げる声は普段の穏やかなそれとは違って重々しい。その響きに呼応したのか、拝殿内の空気も水を含んだように重くなる。柚希はもう誰に言われるまでもなくその場に深く平伏して、危なかった、と冷や汗を拭った。

どうせ妖怪も見えない神主なんだから大したお祓いなんてできないだろうと高をくくっていたら大間違いだった。ぼんやりして黒兵衛たちをこの場に残していたらどんな惨事が起きていたことか。

気がつけば、いつの間にか床の軋みは収まっていた。代わりにどこかでぽつりと水の滴《したた》る音がする。

床に手をついた体勢のまま恐る恐る顔を上げると、正臣の足元にぽたりと水が落ちた。視線を上げれば、後ろから僅《わず》かに見える正臣の頬に汗が伝っている。

六月とはいえまだ梅雨《つゆ》入りはしておらず拝殿内は涼しいくらいなのに、正臣は滴るほどの汗をかいていた。ただ書かれたものを読み上げているだけのように見えるが、実際にはかなり精神力を要する儀式なのかもしれない。ふいに祝詞を上げる声がやみ、拝殿内が沈黙に包まれる。

祭壇の上に置かれた鏡に正臣の顔が映り込む。額にびっしょりと汗をかいた正臣は深く目を閉じてしばし沈黙すると、大きく息を吸い込んで、またゆっくりと吐き出した。

どこまでも真剣に儀式を遂行しようとする正臣に、さすがの柚希も胸が痛んだ。祓うべき妖怪はもうこの場所にはいないのに。

再び拝殿内に正臣の低く抑えた祝詞の声が響き渡る。

それ以降、儀式が終わるまで柚希は一度も顔を上げることができなかった。

祝詞を奉じた後、柚希の前で白いひらひらした紙のついた大幣《おおぬさ》を振ったり、塩を溶いた水を撒《ま》いたりして、ようやく祓いの儀式は終了した。

二人揃って拝殿を出ると、背中に着物が貼りつくほど汗をかいた正臣は額ににじんだ汗を拭い、柚希の姿を上から下まで見渡して微かな溜息をついた。

「……大分薄れたようですが、まだ少し妖気が残っていますね」

殊勝に頷きつつ、そうだろうなと柚希は思う。黒兵衛たちこそこの場にいないものの、二十九年も妖怪屋敷で暮らしてきた柚希の体に染みついた妖気がそう簡単に消えるはずもない。

残った妖気はお札やお守りでやり過ごすことになるのだろうかと柚希が思っていると、吹き抜ける風に濡れた前髪を揺らし、正臣は穏やかに微笑んだ。

「お時間があれば、どうぞまたいらしてください。完全にその妖気が消えるまでおつき合いしますから」

おつき合い、という言葉に一瞬過剰に反応しそうになった柚希は、そういう意味じゃなかった、と前のめりになりかけた体勢を慌てて正す。

「あの、お申し出はありがたいのですが……本当にお金は払わなくていいんですか？」

想定よりずっと本格的な儀式だっただけに、声に窺う色が漂ってしまう。けれど正臣は屈託なく笑って、勿論です、と頷くばかりだ。

申し訳ないとは思うものの、これ以上粘って正規の金額を払うことになったら、しかもそれが高額だったらと思うと怖くてあまり言葉を重ねることができない。

結局もう一度お祓いを受ける約束をして、柚希は拝殿の前で正臣と別れた。

さすがに手ぶらで帰るのは申し訳なく、社務所に立ち寄ってお守りのひとつも買っていくことにする。健康祈願だの安産祈願だの並んだお守りの中に良縁祈願を探していると、頭上から大きな羽音が降ってきた。

「姫様ー、儀式は無事終了しましたか？」

境内の大きな木に止まっていたのだろう。黒兵衛が木の葉と共に空から舞い降りる。続いて小鬼が、飛び込み選手の要領で木の枝から飛び下りてきた。結構な高さだったが小鬼の体は地面で毬《まり》のように弾み、転がりながら柚希の足元までやってくる。

「しかし先ほどは驚きましたなぁ。まさかあのようなお若い方があれほど立派な儀式をなさるとは。下手をすると我々も本当に祓われてしまいますぞ」

まぁね、と口の中だけで囁いて、柚希は社務所で受付をしている巫女《みこ》さんに健康祈願のお守りを差し出した。どうやらこの神社で良縁祈願は扱っていないようだ。大丈夫なの神様、そこ一番大事なところだけど、と内心思わないではないが仕方ない。

「境内も隅々まで掃き清められておりますし、実によい神社ですな。姫様の曾お爺様と一緒にまいりましたときは中にまで入らなかったもので存じませんでした。裏参道なども回ってまいりましたが、紫陽花《あじさい》が綺麗に咲いておりましたよ」

ふぅん、と気のない返事をして石の鳥居をくぐると、スカートの端を下からクッと引っ張られた。見下ろすと小鬼が裏参道に続く道を指さしている。そちらから帰ろうということか。

拝殿で自分が危ない目に遭ったことなどまるで理解していないのだろう小鬼の笑顔に毒気を抜かれ、柚希もおとなしく裏参道へ回る。黒兵衛の言う通り神社の裏手に続く道には、紫陽花の花が今を盛りと咲き乱れていた。

「そういえば昔、赤い紫陽花の下には死体が埋まってるって信じてた頃があったな」

「でしたら町の中はそこら中死体だらけになってしまいますな。しかし姫様、この神社の紫陽花はほとんど青のようですからご心配には及びませんぞ！」

「……いや、さすがに今は信じてないけど」

裏参道には人気がなく普段の調子で黒兵衛と喋っていると、裏門近くに咲く紫陽花の陰に一瞬人影が見えた。白っぽい服を着た、男性のようだ。

花に隠れて見逃していたか。独り言の大きな不審者だと思われては面倒だと柚希がとっさに口を噤むと、強い風が吹いて参道際に並んだ紫陽花の葉がうねるように波打った。裏門近くに立っていた人物の輪郭も風に揉まれ、ぐにゃりと空間が歪むようにしてその姿が消える。

唐突に人気の失せた裏参道で、柚希はしばし立ち止まる。辺りに視線を走らせるが、もうどこにも先ほどの人影はない。黒兵衛と小鬼は裏口付近に立っていた者には気づかなかったようで、紫陽花の花を眺めてのんびり柚希の前を歩いている。

（……妖怪、じゃなさそうだったな）

だとしたら幽霊か。柚希の目は妖怪も幽霊も違《たが》わず映し出すことができる。

寺で見かけることは間々あるが、神社で見かけるのは珍しいと思いながら柚希は人影が立っていた場所を通り過ぎる。

濃い青、薄い青、青みを帯びた紫色。目の端を過る紫陽花を見るともなしに見ていた柚希は、唐突に目に飛び込んできた物にギョッとしてうっかり足を止めそうになった。

忽然と消えた人影が立っていた場所に植えられた紫陽花だけが、血を吸ったような赤さでそこに咲いていたからだ。

どこか、山の中にいる。

木々が鬱蒼《うつそう》と茂る、昼なお暗い山の中。濡れた土の匂いと草の匂い。生命力に満ちたざわめきが辺りを包み、山の中では絶えず生き物が走り、泳ぎ、飛んでいる。

高らかな鳥の声に交じって、どこかで笑い声がした。瞬きと共に視線を転じれば、こちらを見る子供たちの顔が視界に映り込む。

色褪《いろあ》せた着物。汚れた手足。裸足の者も少なくない。

子供たちの後ろには大人の姿もあるが、彼らもまた質素な着物を着ている。手にはカゴいっぱいの野菜を持ち、皆笑顔だ。揃ってこちらを見ている。

どこかで祭りの音がする。太鼓の音に鐘の音、歌声、笑声、祈りの響き。

人々の笑顔はいつもこの傍らにあった。

懐かしく、愛おしい。

皆が笑ってこちらを見ている。

本当に、なんという、嬉しいこと——。


「……嬉し……」


呟きが唇からこぼれ落ちる。その音でゆっくりと意識が浮上して、柚希はぼんやりと瞼《まぶた》を上げた。

目に飛び込んできたのは黒土のむき出しになった大地でもなければ、うっすらと日差しを通す木々の枝でもなく、蛍光灯のぶら下がる木目《もくめ》の浮いた天井だ。

しばらくぼうっと天井を眺めた後、柚希は眉根を寄せて腹筋の力だけで勢いよく起き上がる。居間のソファーの上で横になっていたらしい。服は昨日来ていたスーツのままで、腹に覚えのないブランケットがかけられている。

室内にはいつものごとく妖怪たちの姿が散見される。前脚を使って器用に新聞を読む猫又や、テーブルの下でゴロゴロしている小鬼。天井の隅には天井嘗《てんじょうなめ》がぶら下がり、サイドボードの前では家鳴りたちが花札をしていた。

柚希は妖怪たちを見回して、起きがけの掠れた声を上げた。

「誰、人の夢に入ってきたの」

柚希の声に反応して妖怪たちが一斉に顔を上げる。と思ったら今度は互いに顔を見合わせて、知らないとばかり首を横に振り始めた。

寝起きの頭で、聞くだけ無駄かと柚希は顔をしかめた。もしこの場にいる妖怪たちが柚希の夢に入ってきたのだとしても、本人にその自覚はないのだ。どちらかというと、柚希が勝手に妖怪の記憶に触れてしまったというのが正しい。

ソファーで眠ったせいか鈍く痛む首をさすっていると、居間に黒兵衛がやってきた。

「おはようございます、姫様。昨晩はこの場で眠られてしまったようですが、お風邪など召されていませんか？」

「ん……それは大丈夫だけど……変な夢見た」

ソファーの肘掛けに降り立った黒兵衛は、それはそれは、と相好を崩した。

「相変わらず姫様は感受性がよろしいようで。お爺様の血を濃く継いでいらっしゃるのですね」

まだ完全には覚醒していない頭で柚希はのっそりと頷く。

黒兵衛の言う通り、柚希は山城一族の中でも際立って霊感が強い。祖父の言葉を借りるなら、妖怪の気配をキャッチするアンテナの感度が高いということだ。ただでさえアンテナの性能が良好な上に、子供の頃は祖父と一緒に庭に集まる妖怪たちを探して遊んでいたので、妖怪を見る目も相当に鍛えられている。

そのせいなのかどうか知らないが、柚希はただ妖怪が見えるだけでなく、妖怪たちの記憶や思考まで読み取ってしまうことがあった。山城家の人間でもそこまでの芸当ができる者は少ない。妖怪同士ならばそういう現象も起こり得るというから、柚希は人でありながら非常に妖怪に近い存在といえるのかもしれない。

眠い目を擦っていると、肘掛けに乗った黒兵衛がにこにこしてこちらを見ているのに気がついた。柚希はげんなりした気分で見なかった振りをする。

黒兵衛がこんな顔をする理由はわかっている。黒兵衛は柚希が妖怪の記憶や意識に触れられると知って以来、柚希に人間と妖怪の橋渡し的存在になってくれることを望み続けているのだ。

古き日のように人間たちが妖怪の存在を認め、両者が共存する世界。そんな世界を作れるのは柚希のように、妖怪と人、その中間に存在する者の力が不可欠だと黒兵衛は確信している。柚希が幼い頃は本気でそんな世界を統べる姫君に柚希を据えようとたくらんでいた節があるくらいだ。

しかしその新しい世界とやらはどう考えても現在の人間社会の基礎を壊した上に成り立つもので、そんな世界の姫君になるなんて冗談じゃないというのが柚希の本音だ。祖父も存命の頃はよく黒兵衛に同様のことを頼まれていたようだが、いつも困った顔で笑って受け流していた。

柚希の祖父も、柚希と同じかそれ以上にアンテナの感度が高い人だった。おかげで若い頃はつい妖怪たちに肩入れをして、人の世を捨てかけてしまったこともあるらしい。

その気持ちは柚希もわからないではない。妖怪の意識に触れることは記憶の追体験に似ている。当時の情景はもちろん、その景色を見ていた妖怪の感情までもが意識の中に流れ込むのだ。今朝見た夢は久々に鮮明で、目を開けてからもしばらく胸の奥に燻《くすぶ》るような嬉しさが漂っていた。こんなものばかり見ていたらいつか妖怪たちの見る世界や思想に引きずり込まれてしまってもおかしくない。

妖怪の世界に深く立ち入ったがゆえに若い頃何かと苦労を強いられた祖父は、孫に同じ轍《てつ》を踏ませぬよう、まだ幼かった柚希に人の世に留まる術を教えてくれた。

頭の中に何かが流れ込んできそうになったら目を閉じて、心を石のように固くする。頭になんのイメージも浮かばなくなったら大きく深呼吸。それだけで、大分妖怪たちの意識を心の中から追い出すことができる。

長じてからはそんな手順を踏まなくとも無意識に心をガードできるようになったが、やはり意識のコントロールが利かない睡眠時は難しい。せめてもの防御策として普段は柚希の寝室に妖怪たちが近づくことを禁じているのだが、遠く離れた場所からでも妖怪の意識が流れ込んでくることは間々あるし、今回に至っては自分のほうが妖怪たちのテリトリーで眠ってしまったのだから誰も責められない。

まだ頭の奥に夢の名残がこびりついているようで、柚希はソファーの上に座り直すと久々に祖父の教えてくれた手順に従ってみた。

目を閉じて沈黙。息を整え、大きく深呼吸。

息を吐き切る直前、こんな動作を最近もどこかで見た気がして柚希はうっすらと目を開ける。だがそれを思い出すより先に、キッチンから響いてきた母の声が柚希の思考を断ち切った。

「柚希ー、このクッキー食べちゃってもいいのー?」

半眼のまま胡坐《あぐら》をかいて、クッキー？　と繰り返し、次の瞬間柚希は転がるようにソファーから飛び下りた。一瞬で昨夜の記憶が蘇《よみがえ》る。

昨日は仕事から帰った後、着替えるのもそこそこにクッキーを焼いていたのだった。砂糖を床にひっくり返したりバターに水を混ぜたり散々失敗したものの深夜過ぎにようやく納得のいくものを焼き上げ、焼きたてのクッキーをザルに載せて乾燥させているうちに力尽きてソファーで眠ってしまった。

慌ててキッチンに飛び込むと、母がダイニングテーブルに朝食の皿を並べているところだった。調理台の前には祖母の姿もある。

着物の上にたすきがけをした祖母は大量のおはぎを作っていた。その隣には、昨日柚希が焼いたクッキーがザルに載ったまま放置されている。

ザルを取り上げ、柚希は調理台に整然と並ぶおはぎを眺めて感嘆の声を上げた。

「どうしたの、この大量のおはぎ。全部おばあちゃんひとりで作ったとか？」

祖母は俵型に整えたもち米を器用に餡《あん》で包み、事もなげに頷いた。

「今日は町内会の寄り合いがあるからね。持っていこうと思って」

歯切れよく答えた祖母は御年八十歳。腰も曲がっていなければ背筋もピンと伸び、実にかくしゃくとしたものだ。

手際よくおはぎを丸めていく祖母を横目に、自分だったら一晩かかってもこれだけの量のおはぎなんて作れないだろうな、と柚希は手元のクッキーを見下ろす。比較的調理方法の簡単なクッキーでさえ、こうして焼き上げるまでにはかなりの時間を要したのだから。

丸くくり抜いただけのクッキーは焼きむらが目立ち、正直人に見せるのも憚《はばか》られる代物だが、むしろ手作り感が出て好感度が上がるかもしれない、と無理やりポジティブに考え柚希は用意しておいた箱に見た目の悪いクッキーを流し入れた。

「柚希、おはぎを持っていくのに何かいい大きさの手提げ袋はないかね」

祖母の言葉を最後まで待たず頷いて、柚希は納戸《なんど》へ向かう。ちょうど柚希も手提げが必要だと思っていたところだ。納戸にはデパートでもらった紙袋だの包装紙だのが乱雑に押し込められている。

「柚希ー、手提げは大きいのと小さいの二枚持ってきてくれるかね。一個は町会長さんにお土産で持たせてやる分だから」

「わかった、ちょっと待って」

薄暗い納戸の中をガサゴソと探ってみるが、なかなか手頃な大きさの袋が出てこない。散々探したものの、それなりに見栄えがして綺麗なのは柚希の勤めるコスメショップの紙袋ぐらいだ。結局、どれも同じ柄の紙袋を持って柚希は台所に戻る。

祖母がおはぎをタッパーに詰める傍ら、柚希はクッキーの入った箱を袋に入れて安堵の溜息をついた。とりあえず、これで準備は万端だ。

そこでようやく昨晩着替えもせずに眠ってしまったことを思い出し、風呂にでも入ってこようとキッチンを横切りかけたら今度は母に声をかけられた。

「待って柚希、どこかに行く前に朝ごはん食べてちょうだい。片づかないから」

ほら、と母が指さしたテーブルの上には味噌汁やら焼き魚やら純和風の朝食が並んでいる。自分の分しかないところを見ると両親と祖母は食事を終えているらしい。時計を見上げるとすでに九時近い。休みの日とはいえ随分寝坊をしてしまったが、やけに生々しい夢のせいであまり深く眠った気はしなかった。

母の言葉に従い席に着いた柚希は朝食を開始する。その向かいに、緑茶のつがれた湯呑《ゆのみ》を持った母が腰を下ろす。朝の仕事も一段落してくつろいだ様子の母は、部屋の隅に置かれたテレビを眺め、何気ない調子で柚希にこんな質問をしてきた。

「ねえ柚希、柳神社って知ってる？　アンタの職場の側にある」

味噌汁を口に含んでいた柚希は、危うく椀《わん》の中に汁を逆噴射しそうになった。ギリギリ耐えて無理に喉を上下させたが、確実に丸のままの豆腐を飲み込んだ気がする。

なぜこのタイミングでその名が出てくるのだと椀の縁《ふち》からそっと母の様子を窺ってみるが、母はテレビに視線を向けてこちらを見ようともしない。

「あそこの神社って結構評判いいのねぇ。最近若い子たちも来てるんだって。パワースポットっていうの？　近所の奥さんが教えてくれてね、それで……」

母の話は長い上にどこに着地するのかよくわからない。柳神社と自分の関係、ひいては自分と正臣の関係について母が何か勘づいたのかもしれないと思うと迂闊《うかつ》に先を促すこともできず、柚希は黙って箸を動かし続けた。塩鮭でさえ塩気を感じないくらいだから、きっと口の中は緊張でからからに乾いている。

母の話はご近所さんの噂話から最近の若者の服装の乱れに移り、再び柳神社に戻ったと思ったらすぐさま駅前の夏祭りの話に飛んで、散々柚希をやきもきさせた挙句ようやく本筋に戻ってきた。

「でね、あの神社の裏にあるお山で事故があったんですって」

「……事故？　最近？」

　とりあえずいつまで待ってもお祓いだの神主だのの話にならないので、自分が神社に通っていることはばれていないようだと安心して柚希も合いの手を入れる。

「昨日の話よ、事故があったの。あの山に展望台を作るって計画が持ち上がってるでしょ？　その工事で人が入ったらしいんだけど」

「……そんな工事すること自体知らなかった」

　そもそも柳神社の裏に山などあっただろうか。あまり意識して見た記憶がない。

「展望台を作るっていう計画も、今回が初めてじゃないのよ。アンタがまだ小さい頃だから、二十年くらい前にも一度そういう話が持ち上がったの。でも延期になっちゃって。それがようやく再開したと思った途端にこんな事故でしょう？」

　また工事延期になっちゃうのかしらねぇ、と呟く母は、自分で話を振った割にはさほど興味もなさそうだ。実際興味などないのだろうが、とりあえず新しく仕入れた情報を誰かに披露したかったのだろう。

「二十年前に工事が延期になった理由は？」

「さあ。不景気だったからじゃない？」

　案の定、これ以上話を広げるつもりはないらしい。柚希だって柳神社の名に反応しただけで工事自体には関心もなかったので再び箸を動かすことに集中する。

玉子焼きに箸を伸ばすと、パン、と乾いた音がダイニングキッチンに響き渡った。音のほうに目を向けると、先に出かける祖母が外出前に神棚に手を合わせている。

祖母も母も、神様はおろか妖怪の姿も見えないのに毎日欠かさず神棚に手を合わせる。深く頭を下げて、熱心に。

祖母が頭《こうべ》を垂《た》れる神棚の上に、ぬいぐるみみたいな顔をした小鬼がにここと笑って腰かけていることも知らずに。

六月も半ばを過ぎ、少しだけ日差しが強くなってきた。

紫外線量は真夏より五月、六月のほうが多い。七月辺りから日傘を差し始める女性が多いが、実際はもっと前から使用していないとあまり意味がない。職業柄、研修でこの手の情報はみっちり教え込まれるのだが、当の柚希は午後の日差しの中を傘も差さずに大股で歩いている。メラニンの増加より傘が荷物になることのほうが煩わしかった。

「姫様、またあの若君に会いにゆかれるのですか？　よもや本気であの方と懇意になろうなどと考えておられるのでは……？」

ぱたぱたと羽音を立てて斜め後ろをついてくる黒兵衛に、柚希は力強く頷いた。

「この年になったら新しい出会いなんて滅多にないんだから、本気に決まってる！」

足早に柚希が向かっているのは柳神社だ。訪れるのはもう四回目になる。ここ数週間、柚希は仕事が休みになるたび柳神社に足を向けている。

前を見据える柚希の目には迷いがない。何しろ次の出会いがいつ巡ってくるかもわからないのだ。毎回無料で大げさなお祓いをしてもらっていることに対する罪悪感も、二十代最後の一年という焦燥感の前ではこっぱみじんに吹き飛んだ。

さすがに柚希の思惑に気づいたらしい黒兵衛は、柚希が自分たちを本気で祓おうとしていないことに一応は安堵したようだが、やはりまだ不安を拭いきれない顔をする。

「何も我ら妖怪と対立するような立場の方でなくとも……いざとなれば妖怪の中にもイケメンはおりますぞ？」

「何どさくさに紛《まぎ》れて妖怪勧めてるの」

本気で妖怪世界の姫君にでも祀り上げるつもりか。現実味の乏しい黒兵衛の言葉を軽く聞き流し、柚希は到着した柳神社の鳥居を見上げる。

今日の柚希は柔らかなベージュのプリーツスカートに白いブラウスを合わせ、足元にはシャンパン色のバレエシューズを履いている。

柚希が黒のパンツスーツに六センチ高のピンヒールを履いているところしか見たことのない職場の人間が目にしたらさぞ驚くだろうが、今のところ正臣が柚希の服装に言及したことは一度もない。それでも柚希は、最近まで見向きもしなかった女性雑誌などを参考に、男性受けのよさそうな服装を日々模索している。

今日は手作りのクッキーも持ってきた。いつも無料で正臣がお祓いをしてくれるので、せめてものお礼として渡すつもりだ。当然、手製の菓子で女性らしさをアピールしようという腹積もりもしっかりある。

腕時計を確認すると約束の時間よりも二十分ほど前だったが、柚希は構わず鳥居をくぐる。だがさすがに早すぎたのか、普段なら本殿の前で柚希を待っている正臣の姿がない。

仕方がないので、境内を散策して時間を潰すことにした。お供をするのは黒兵衛と小鬼だ。小鬼はことのほか柳神社が気に入ったらしく、柚希が普段と違う服装で玄関先に立つとどこからともなくやってきて、こうして神社までついてくる。

参道から外れた細い石畳を歩き、柚希はぐるりと視線を巡らせる。これまでは神社の規模だの参拝客の数などに注目することが多かったが、改めて目を上げてみれば母の言う通り、神社の裏に大きな山がそびえていることに気がついた。

神社から歩いて十分程度といったところか。さほど高さはないようだが裾が広い。山肌を木々の濃い緑で覆われた山は、山頂まで登ろうとしたら三十分はかかりそうだ。

顎を上げてぶらぶらと歩いていると、柚希さん、とどこかから声がかかった。

上ばかり見て歩いているうちにいつの間にか境内の端まで来ていた。椿の生け垣は竹の垣根に様変わりしており、垣根の奥にひっそりと民家の玄関口が見える。その玄関先に正臣の姿を見つけ、柚希は気を抜いて半開きにしていた唇を慌てて引き結んだ。

「すみません、もういらしてたんですか。すぐ支度をしますので」

玄関先で頭を下げた正臣は、初めてデパートで会ったときと同じような藍《あい》色の着物を着ていた。どうやらあれが彼の私服らしい。

遅ればせながら神社と自宅が境内の隅で繋がっていることを察した柚希は、いえいえいえ、と胸の前で大きく手を振った。

「私が早く来すぎただけですから、ゆっくりしてください！」

でも、と戸惑ったように視線を揺らす正臣の髪が濡れている。朝風呂にでも入っていたのだろうか。濡れた髪を無意識に目で辿ると、視線に気づいた正臣がぎこちない仕草で前髪をかき上げた。

いつもは前髪で隠されている正臣の額が露わになり、柚希は無闇にうろたえる。オールバックにするとまた雰囲気が変わるんだ、と思ってみたり、何やら女性のすっぴん以上に見てはいけないようなものを見てしまった気になったり。男性に免疫がないものだから、ちょっとした正臣の所作にもドギマギしっぱなしだ。

「お……お風呂にでも入ってたんですか？」

不自然に正臣から視線をずらして尋ねると、正臣は濡れた前髪を指先で摘まみ、いいえ、と首を横に振った。

「ちょっと……修行のようなものを」

そう言って、少しだけ照れたように笑う。

修行、と柚希は口の中で繰り返す。なんとも日常からかけ離れた単語だ。普段なら笑い飛ばしたかもしれないが、柚希は真剣な面持ちで頷くにとどめた。修行という現実離れした単語より、男性の照れ笑いという見慣れないものに心臓を撃ち抜かれて笑っている場合ではなかった。

とにかくゆっくり支度をしてくれて構わないと言い置いて柚希はひとり拝殿へ向かった。途中、やたら熱くなった頬を掌で扇ぎながら、隣を飛ぶ黒兵衛に声をかける。

「修行って、滝にでも打たれてたのかな」

「この辺りに滝のある気配はありませんから、水行でもしていらしたのでしょう」

「水行って……冷水かぶったり？」

「もしくは荒塩を溶いた水を浴びたのかもしれませんな。祓いの儀式の前に身を清める意味も込めて」

さすがに山で修行をしていた経験のある黒兵衛はその辺りの知識に詳しい。

「そういう修行って実際何か効果あるの？」

なんの修行もせずして妖怪たちを見ることのできる柚希にとっては、真冬に冷水をかぶったり火の上を歩いたりしたところで鍛えられるのは根性だけではないかと思うのだが、黒兵衛は自信たっぷりにその疑いを否定した。

「勿論効果はあります。昔の人々は皆そうやって姫様と同じ力を身につけたものです」

「妖怪が見えるように修行してたってこと？」

「修行の過程でそういった能力も身についたといったところですかな。最終的には、人でない者と同じ力を得るために人々は修行を積んだのです」

人でない者というと、神や妖怪といったところか。

確かに妖怪は空を飛んだり火を吹いたりすることができる。のほほんと隣を飛んでいる黒兵衛でさえ、その気になれば家屋を軽く吹っ飛ばせるくらいの大風を起こすことが可能だ。しかし人間がそんな力を身につけたところで何になるというのだろう。

「そういう人たちって最終的にどうなるの？」

境内に植えられた大きな楠《くすのき》の影を踏んで何気なく尋ねると、黒兵衛はしばし沈黙した後、ゆっくりとした口調で答えた。

「多くはどれだけ修行を積んでもそこまでの力を得ることはできないのですが、まれに人の本領を超えた力を得てしまう者もおります。そういう者の多くは人の世にとどまりきれず、最後は人でも妖怪でもない存在になってしまいますな」

「……それだけ？」

それだけです、と黒兵衛は静かに頷く。思いがけず救われない結末に、柚希の歩調が目に見えて鈍った。

必死で力を得ようとしてひたすらに修行を積んだ結末がそれか。人でも妖怪でもない存在、というのがまた空恐ろしい。どちらの世界にも立ち入れず、身に余る力だけ抱えた彼らはどこへ行ってしまったのだろう。

一瞬だけ、正臣もそうならないだろうかと案じてしまった。

そんな柚希の表情を読んだのか、黒兵衛がいつにも増して気楽な調子でつけ加える。

「よほどの荒行でもしない限りそんな段階には至りませんよ。この神社の若君など、傷ひとつない綺麗な肌をしていらっしゃるのですから心配ご無用です」

「なんだ、そうなんだ」

ホッとして、柚希の足取りは現金なくらいに軽くなる。そんな柚希の後ろを飛びながら黒兵衛はまた「姫様、どこまで本気なのです？」と情けない声を上げた。


髪を乾かし神主装束《しょうぞく》に着替えた正臣が拝殿前にやってきたのは約束の五分前だった。

正臣はいつもの手順で柄杓を差しだし、柚希が手と口を清めるのを見届けてから拝殿の昇段を上り御簾を上げる。祭壇には鏡と榊と水と塩。柚希は祭壇の正面に座らされ、斜め向かいに正臣が腰を落ち着ける。

祓いの儀式も四回目ともなれば柚希にも大分勝手がわかってきた。儀式の最中はずっと平伏しているものだということも知り、早々に床に両手をつく。

いつものように身を伏せようとして、柚希は一瞬動きを止めた。代わり映えのしない拝殿の中に、何やら見慣れない物を見た気がしたからだ。

半端に体を傾けた格好で違和感を覚えた方向を見ると、部屋の隅に見覚えのない札が貼られていた。よく見れば札は一枚でなく、部屋の四隅に貼られている。

拝殿も模様替えなんてするのか、と深く考えもせず納得して、柚希は改めて頭を下げた。その隣には黒兵衛と小鬼もいる。

「それでは、祓いの儀式を始めます」

よろしくお願いします、と平伏したまま柚希も声を合わせる。

これ以降、柚希が顔を上げることはほとんどない。あとはもう正臣の衣擦れの音と床を踏む音に耳を傾けるばかりだ。

こうして自分が顔を伏せていても、正臣は律儀に三歩で祭壇の前に行ったり左回りに回ったり、細かい作法に則って儀式を進めていくのだろう。だから柚希は神様よりも正臣に対して深く頭を下げる。隣に妖怪たちを従えて、だますようなまねしてすみません、と一生口に出しては言えないだろう謝罪を繰り返す。

しばらくすると、拝殿の床がギシギシと不自然な音を立て始めた。鏡や榊の載った祭壇もカタカタと鳴り始め、柚希は顔を伏せたまま目顔で隣にいる黒兵衛に合図を送る。未だにこの音の出所は知れないが、音がし始めたときが黒兵衛たちを拝殿の外に逃がすタイミングだ。

黒兵衛も慣れた様子で立ち上がり、小鬼をくちばしでせっついて拝殿を出ていこうとする。そうして視界から黒兵衛たちが消えた直後、唐突に柚希の背後で凄まじい炸裂音が上がった。

驚いた柚希が後ろを振り返ると、御簾の下がった入口の前で黒兵衛と小鬼が仰向けにひっくり返っていた。何事かと目を凝らせば、微かに揺れる御簾の面に青白い火花のようなものが走っている。祝詞を上げる直前、正臣の体に集まってくるのと同じ神聖な光だ。

光を帯びた御簾に触れたせいか、黒兵衛たちは感電でもしてしまったように目を回して動かない。思わず身をよじって黒兵衛たちに手を伸ばそうとすると、後ろから正臣の鋭い声が飛んできた。

「動かないでください！　ちょうど貴方が手を伸ばした辺りに強い妖気を感じます！」

実際妖怪がいるのだからその通りだ、とそのまま手を出そうとして、直前で慌てて柚希は腕を引いた。自分は妖怪の気配もわからないという設定なのだから、ピンポイントで黒兵衛たちに触れたりしたらこれまでの嘘が露呈してしまう。

「あ、あの、さっきの凄い音は……」

まだ目を回したままの黒兵衛たちをチラチラと窺いながら柚希が尋ねると、正臣は祝詞の書かれた紙を勢いよく広げて言い放った。

「いつも祈禱が始まるとすぐに妖怪たちはどこかへ逃げてしまうようなので、今回は部屋にお札を貼って結界を張っておきました！　これでもう逃げられません！」

ばれていたのか、と柚希は目を瞠る。まさか黒兵衛たちが拝殿を出入りする気配まで敏感に察していたとは、さすが日々の修行は伊達ではない。完全に正臣の神主としての能力を舐《な》めていた。

柚希は小声で黒兵衛たちを呼んでみるが、小鬼はもちろん、黒兵衛さえも意識を回復する気配はない。

一体どれだけ強力な結界を張ったのだと歯嚙みしている間にも、正臣は追い打ちをかけるつもりか祝詞を上げ始めてしまう。見る間に正臣の体の周りに青白い光が集まって、バチバチと静電気に似た光を散らせ始める。部屋の四隅に貼られた札のせいなのか、それとも修行の成果なのか、いつにも増して光の弾ける勢いが強い。意識がないながらもそれが伝わったのか、黒兵衛たちもうんうんと苦し気な呻き声を上げ始めた。

（む、無駄にパワーアップしてる！　どうしよう、このままじゃ本当に黒兵衛たちが祓われる！）

さすがに柚希もうろたえて辺りを見回す。部屋の四隅に貼られた札を剝がすとか、御簾をまくり上げて黒兵衛たちを外へ放り出すとかいろいろ考えたが、どれを選んでも後で正臣からどういうつもりだと問い詰められるのは避けられない。

拝殿内には祝詞を上げる正臣の声が殷々《いんいん》と響き渡り、黒兵衛も小鬼も一層苦しそうに身をよじっている。とにかくあの祝詞をやめさせなければと、柚希は思い切って声を張り上げた。

「く……っ、苦しい！」

一声叫ぶなり柚希が胸元を掻《か》きむしり大げさな音を立てて床に倒れ込んでみせると、正臣が驚いた顔でこちらを振り返った。祝詞がやんで黒兵衛たちの呻き声も小さくなる。ホッとして、柚希は胸を押さえながら四つん這いで拝殿の隅に近づいた。

「どうしました！」

後ろから正臣が慌てて駆け寄ってくる。柚希は苦しさに耐えかねた風情《ふぜい》で壁を叩くと、思い切り腕を伸ばして目線の高さに貼られていた札をむしり取った。

バチン！　とどこかで太いゴムでも弾け飛ぶような音がして、拝殿の入口にかけられた御簾が風に翻《ひるがえ》る。そこにはもう、あの青白い光は宿っていなかった。

結界が破れたようだ。柚希はホッとして壁に凭《もた》れかかる。その肩を、後ろから正臣が摑んで自分のほうに引き寄せた。

「柚希さん！　どうしたんです、しっかりしてください！」

力なく床にへたり込んでいた柚希は、同じく床に膝をついた正臣の胸に抱き寄せられてギョッと目を見開いた。正臣は柚希の演技を完全に真に受けてしまったらしく、蒼白な顔でこちらを覗き込んでくる。

予想外に互いの距離が近づいて、今度は演技でもなんでもなく柚希の声が動揺で震えた。

「す……すみません。ちょっと、気分が……」

「いけない！　瘴気にあてられたのかもしれません！」

柚希が言い切らないうちに、正臣は有無を言わさず柚希の膝の裏に腕を差し入れた。

ぶわりと風が全身を包む。唐突な浮遊感に目を白黒させた柚希は、次の瞬間正臣に横抱きにされていることに気づいて新たな驚愕に襲われた。

（……これは……っ！　これは世にいう、お姫様抱っこ！）

おとぎ話に出てくる王子様が物語のラストでお姫様を横向きに抱き上げるあのポーズだ。全国の乙女が一度は憧れるだろうお姫様抱っこを、よもや自分がされる日がやってこようとは。

驚きの後に訪れた嵐のような感動に圧倒され口も利けない柚希を抱え上げると、正臣は肩で御簾を押しのけ一気に昇段を駆け下りた。

「大丈夫ですか！　すぐ社務所に移動しますから！　どうしました、また気分が悪くなりましたか！」

正臣の腕の中で上下に揺られながら、柚希は両手で顔を覆って動けない。

「……いえ、私はもう……胸が一杯で……」

「なんですか!? 今、なんて！」

「いえ……いいえ、もう……」

眼鏡で神主姿の男性にお姫様抱っこをされる日が来るなんて、きっと一か月前の自分に告げても信じてもらえなかっただろう。妄想が現実を凌駕してしまったかと深刻な顔で肩を揺さぶられていたかもしれない。

しかし人生何が起こるかわからない。柚希は胸の中で目の幅の涙を流しながら思った。我が生涯に、一片の悔いなし、と。


正臣に抱きかかえられ社務所にやってきた柚希は、以前にも通されたことのある和室で下ろされてからも、ほとんど腰の抜けた状態で座布団に座り込んで動けなかった。

体を支えるすべての力が流れ落ちていくような感覚はなかなか抜けず、すっかり妖怪の瘴気にやられたせいだと勘違いした正臣は終始心配顔で、柚希に横になるよう勧めたり水を持ってきてくれたりした。

しばらくしてようやく柚希が人心地つくと、正臣は土下座せんばかりの勢いで頭を下げた。

「申し訳ありません。妖気への耐性がない貴方もいたのに、あんな狭い場所に妖怪と一緒に閉じ込めるようなまねをしてしまって」

正臣の持ってきてくれた冷たい水を飲んで頬のほてりを冷ましていた柚希は、卓袱台を挟んだ向こうで平身低頭謝罪する正臣を見て大慌てで首を横に振った。

「いえ、そんな！　私こそ儀式を無理やり中断させてしまって！」

「そんなことは気になさらないでください。それより気分はどうですか？　まだどこか具合の悪いところは……？」

ありません、と力強く柚希が断言すると、ようやく正臣もホッとした様子で息をついた。本当に心配してくれていたのが伝わってくる表情だ。

「帰りにお清めの塩をお渡しします。家に入る前に体に振りかけてください。もし体がだるいようなことがあれば、お風呂に入れても効果があります」

「何から何まで……逆に申し訳ありません」

柚希は深々と頭を下げると、自分が社務所で休んでいる間に正臣が手荷物と共に拝殿から持ってきてくれた紙袋をおずおずと卓袱台の上に差し出した。

「あの、これ……つまらないものですが……」

正臣が虚を衝かれたような顔をして紙袋と柚希の顔を交互に見る。柄にもないことをしている自覚があるだけに、柚希は俯いて何度も前髪を耳にかけ直した。

「私の手作りなのですが、よろしければ……。いつも無料でお祓いをしていただくのも心苦しいので……」

「そんな、お気遣いなく」

「いえ本当に、大したものではありませんが」

どうぞ、と半ば強引に紙袋を突き出すと、正臣はしばし逡巡した後、柔らかく表情をほころばせて袋を受け取った。

「では、お言葉に甘えて。……中を拝見してもよろしいですか？」

もちろん、と頷いたものの、柚希は正臣の顔を見ていられず部屋のあちこちに視線を走らせた。正直クッキーの見栄えはあまりよくない。袋の中を見た瞬間、正臣が落胆した顔を見せたらと思うと本気で怖い。

ところが。

「うわ！　凄い！　これ本当に柚希さんが作ったんですか！　お店で売ってるものみたいじゃないですか！」

これまで聞いたことがないくらい弾んだ正臣の声が耳を打ち、柚希は驚いて正面に視線を戻した。

焼きむらがあったり生地の厚さが均一でなかったり、いかにも素人の手作り然としたクッキーがそこまで手放しに褒められるとは思えずお世辞かと訝ったものの、袋の中を覗き込む正臣は本気で瞳を輝かせている。いっぺんに子供のような顔つきになった正臣に戸惑うやら照れるやらで肩を竦めた柚希だが、正臣が袋から取り出したものを見て笑顔を凍りつかせた。

　正臣が手にしたのは柚希が用意した新品の菓子箱ではなく、使い古されたタッパーだ。しかもそこに透けて見えるのは、明らかに祖母が作っていたおはぎである。

　冷え固まった笑顔を浮かべる柚希の脳裏に、高速で今朝の光景が蘇る。キッチンで柚希がクッキーを箱に移し替える傍らタッパーにおはぎを入れていた祖母。手提げが必要だからと納戸から持ってきたのは柚希の勧めるコスメショップの紙袋で、サイズこそバラバラだがどれもデザインは変わらない。

（おばあちゃん、間違えて私の荷物持っていってる！）

　どうやら先に家を出た祖母が中身の確認を怠って柚希の作ったクッキーが入った袋を持っていってしまったらしい。

　袋の中にはタッパーの他に商店街で配られたタオルなども入っていて柚希は大いに慌てたが、正臣は一瞬不思議そうな顔をしただけですぐ卓袱台の上にタッパーを置くと、蓋を開けて歓声を上げた。

「本当にすごいですね、綺麗に形成されてる。和菓子を手作りされる女性は初めて見ました。普段からよく作ってらっしゃるんですか？」

　あまりに正臣の食いつきがいいものだから、柚希も今更祖母が作ったものとは言えず引き攣《っ》った顔で頷くしかない。

「ありがとうございます、早速いただいてもいいですか？」

「も、もちろん。お口に合うといいのですが……」

とはいえ、作ったのは主婦歴半世紀を超す祖母なのだから味の点ではなんの不安もない。思った通り、おはぎを頬張った正臣はたちまち相好を崩して何度も深く頷いた。

「とても美味しいです！　ご家庭でこんなものが作れるなんて凄いですね！」

柚希はもはや否定も肯定もできず曖昧に笑うことしかできない。

どうやら正臣は和菓子が好きらしい。思い返せばデパートで遭遇したときも和菓子店の包みを持っていた。クッキーを持ってくるよりおはぎを持ってきたほうが正解だったのかもしれないが、問題は当の柚希がおはぎの作り方などさっぱり知らないということだ。

まかり間違って美味しい小豆の炊き方なんて聞かれたらどうしよう、と卓袱台の下で汗ばむ手を握りしめた柚希だったが、正臣はただ素直におはぎを味わって目を細めている。

生焼けのクッキーを微妙な顔でかじられるよりはましだったかな、と正臣の顔を窺い見た柚希は、彼が手にしたおはぎのサイズに微かな違和感を覚えて卓袱台の上に首を伸ばした。

卓袱台に置かれたタッパーに入っているのは、子供の頃から祖母がおやつによく作ってくれた大振りのおはぎに間違いない。それなのにどうしてか、今正臣が手にしているそれがやたらと小さく見える。

ひとつだけサイズの違うものが紛れ込んだのかとも思ったが、熟練のすし職人のごとく粒のそろったおはぎを作る祖母に限ってそんなことがあるだろうか。

しばらく正臣の手元とタッパーを見比べて、唐突に柚希は悟った。

（そうか、この人凄く手が大きいんだ）

同時に脳内に閃いたのはいつかテレビで見た、相撲取りが缶詰を手にしているシーンだ。あのときは徳用のパイナップル缶がミニサイズかと思うくらい小さく見えた。

そういう理屈か、と納得しておはぎを食べる正臣を眺めていた柚希は、ふいに胸ににじんだ感情に小さく目を瞬かせた。

白い布に一滴赤い水を落としたようにじわじわと広がっていくそれがなんなのか、柚希にはよくわからない。ただ、唐突にこんなことを実感した。

（………男の人なんだなぁ）

柚希の掌からはみ出すくらいのおはぎが小さく見えてしまう正臣の手。自分とは違い骨ばって筋の浮き出た手の甲を見て、男の人の手だ、と思った。祖父や父とは違う、滑らかな皮膚の張られた、自分と同年代の男性の手。

そういえば、拝殿で柚希を抱き上げたときも正臣はまったく体をぐらつかせなかった。たたらも踏まず人ひとり持ち上げられるなんて大した腕力だ。抱き上げられた後のことは動揺が激しくはっきりとは記憶していないが、凭れかかった胸は広かったような気がする。

自分だったら十キロの米袋を持ち上げるのさえ苦労する。同じ背格好の女性を両腕で抱き上げろと言われても難しいだろう。

そうか、と柚希はもう一度胸の中で繰り返した。

（……この人、男の人なんだ）

わかりきったことを、でも何やら妙に新鮮な気持ちで再認識していると、ふいに卓袱台の向こうに座る正臣と視線が交差した。たったそれだけのことにドキリとして肩先が跳ね上がる。先ほどまでこんなことはなかったのに。

正臣は柚希の反応の変化に気づいているのかいないのか、目を伏せて気恥ずかしそうに微笑んだ。

「すみません、つい夢中で食べてしまって……」

いいえ、と答える声が掠れてしまった。

自分の感情がどう変化したのか自分でもよくわからなかったが、家に帰ったら祖母におはぎの作り方を教えてもらおうと柚希は思い、これまでまったく料理に興味のなかった自分がそんなことを考えていることにうろたえた。

俄かに正臣の顔を正視できなくなってしまった柚希に、正臣はそれまでと変わらぬ調子で尋ねてくる。

「お水、もう一杯持ってきましょうか？」

「あ、いえ、もう……」

「でしたら、お清めの塩を用意してきます。落ち着かれるまでもう少しここで休んでいてください」

よければ横になっていても構いませんよ、と言い残して正臣が部屋を出ていく。遠ざかっていく足音に耳を傾け、それが完全に聞こえなくなると柚希は力尽きたように卓袱台の上に突っ伏した。

頰を押しつけた飴色《あめいろ》の天板がやけに冷たく感じる。妖怪と長年暮らしてきた自分が瘴気にあてられるはずもないのに、かつてないほど手足に力が入らない。指先がびりびりとしびれるようだ。

なんだこれ、と柚希が眉根を寄せたとき、廊下に面した襖の向こうから微かな声が響いてきた。

「姫様、いらっしゃいますか？」

聞き慣れた声に、柚希はガバリと顔を上げる。その勢いのまま立ち上がり襖を開けると、室内に黒兵衛と小鬼が転がり込んできた。

また正臣に見つかっては大変と柚希は大急ぎで襖を閉め、畳の上に倒れ込んだ黒兵衛と小鬼を交互に見遣った。

「よかった、無事に拝殿から出られたんだ！　二人とも怪我とかしてない？」

「いえ、多少気を失ったくらいで怪我などは特に……。それにしても驚きました、あれほど強力な結界が張られていたとは」

さすがに消耗しているのか黒兵衛は畳の上で大の字になって起き上がろうとしない。同じくうつぶせになった小鬼に至ってはピクリとも動かない。

こんなにも弱っている妖怪たちを見るのは初めてで、柚希は畳に膝をつくと恐る恐る黒兵衛の翼に指を伸ばした。

「どこも痛まない？　本当に平気なの？」

黒兵衛の羽を撫で、小鬼の背中をさすってやると、黒兵衛は真っ黒な顔の中にある夜露《よつゆ》のように潤《うる》んだ目を細めた。

「お優しいお言葉、ありがとうございます。少し疲労が激しいだけですので、もうしばらく休ませていただければ大丈夫ですよ」

柚希は急に子供に戻ってしまった気分で、うん、と頷く。

大丈夫ですよ、と黒兵衛に宥《なだ》められるのはいつ以来だろう。子供の頃は友達とケンカをしたり失くし物をしたりするたび黒兵衛に泣きついて、大丈夫ですよと真っ黒な翼で頭を撫でてもらったものだ。

幼い頃、視界すべてを覆うほど大きかった黒兵衛の翼。今は力なく畳の上に広がるそれを見下ろし、ゆっくり休んで、と柚希は呟いた。

　この様子ではしばらく黒兵衛たちは動けないだろうし、まだ正臣が戻ってくる気配もない。戻ってきたところで正臣の目に妖怪たちの姿は映らないのだが、柚希は一応黒兵衛と小鬼を卓袱台の下に隠し、何食わぬ顔で座布団の上に戻った。

　卓袱台に肘をつき、柚希は深く息を吐く。短時間に様々なことが起こり過度の緊張を強いられたせいか、何やらひどく疲弊《ひへい》していた。

　肘をついたまま柚希は軽く瞼を閉じる。

　少し、ほんの少しの間目を閉じるだけのつもりだった。

　けれど昨晩遅くまでクッキーなど焼いていたことも手伝って、柚希の意識は急速に遠ざかり、あっという間に眠りの渦に呑み込まれてしまったのだった。


　赤、青、紫。とりどりに咲く朝顔の花。

　夏が近づくと庭先に毎年咲く。いつもは見下ろしているその花が、今は見上げる場所に咲いている。

　普段より目線が低い。子供の目線だ、と気がついたとき、誰かに頭を撫でられた。

　大きな影が頭上を覆い、黒兵衛、と呟きかけて間違いに気づいた。頭を撫でていたのはシワだらけの祖父の手だ。

　朝顔の花は風もないのにゆらゆらと揺れている。何かがそこにいた証拠だ。

『今の、いい神様？　悪い神様？』

子供の声が耳の奥で反響する。真夏の正午に立ち上る陽炎のようにゆらゆらとしたその響きに、穏やかな祖父の笑い声が重なった。

『どちらかな。どちらにしても、神様であることに変わりはないよ』

ふぅん、と呟く子供の声は納得していないようだが、柚希は懐かしく思い出す。いつだって祖父は妖怪も神様も同列に扱う人だった。人には持ち得ない力を持った存在を、善悪の区別なくいつでも畏れ、敬っていた。

祖父に優しく手を引かれ朝顔の前を横切る。花は相変わらずゆっくりと、風もないのに揺れている。

『無闇に怖がっては駄目だよ。確かにそこにいるのだから、いるはずがないなんて思っても駄目だ』

鮮やかな花と、支柱に巻きつく蔓《つる》や葉が作る薄暗がりに目を凝らせば、確かにそこには何かがいた気がした。バイバイ、と手を振ると、応えるように花が揺れる。

『一度見つけて、名前を呼んだら、ずっと覚えていてあげなさい。人に忘れられてしまった妖怪は、とても淋しいものだから』

蒸し暑い夏の空気に優しい声が溶けていく。

目の高さで繋がれた自分と祖父の手。この目線のまま、祖父との記憶は止まっている。

祖父は柚希が小学校に入学して間もなく他界した。葬儀の晩は人間だけでなく妖怪たちも涙をこぼしていたことを思い出す。

柚希も泣いた。耳の奥に、子供の泣き声が幾つも幾つも反響する。そうやって泣き続けていれば、またひょっこりと祖父が現れて頭を撫でてくれるのではないかと、そう思って

——……。

「……柚希さん」

そっと肩を揺らされ、柚希はゆっくりと目を開ける。

視界がぼんやりと濁っていた。目の端に水がにじんでいる。

身じろぎもせず瞬きだけ繰り返していると、もう一度控え目に名を呼ばれた。

数秒遅れて状況を理解した柚希は突っ伏していた体をガバリと起こす。場所は柳神社の社務所の中。いつの間にか卓袱台に突っ伏して眠っていたらしい。

傍らでは正臣が膝をついてこちらを見ている。どれぐらい眠っていたのだろう。うっかり昔の夢まで見ていた柚希は慌てて髪を撫でつけた。

「す、すみません、つい！」

「いえ、あんなことがあった後なので疲れているんでしょう。よろしければ、隣に布団でも敷きましょうか？」

とんでもないと柚希は全力で首を横に振る。うたた寝をしている現場を目撃されただけ

でも恥ずかしいのに、布団で熟睡する現場など見られた日にはもう柳神社に足を向けられない。

寝顔を見られた気まずさも手伝って、柚希は正臣から清めの塩を受け取ると早々に社務所を辞した。社務所の前で正臣に別れを告げ、石の鳥居をくぐって参道に出てからようやく深く息をつく。と、足元をふわりと何かが掠めた。猫かと思って下を向くと、赤い髪をゆらゆらと風になびかせた小鬼がいる。どうやら正臣が戻ってくる気配を察して、柚希が目覚める前に社務所の外に出ていたようだ。

「意外と抜かりないね。……でも、黒兵衛は？」

柚希が辺りを見回すと下からスカートの裾を引っ張られた。小鬼は裏参道を指さして、もう一度柚希のスカートを引っ張る。

「え、黒兵衛そっちにいるの？　それともまた紫陽花が見たいってこと？」

尋ねても小鬼はにこにこと笑うばかりで判断がつかず、仕方なく柚希は裏参道へ向かう。

妖怪にも色々な種類がいて、黒兵衛のように達者に喋れる者もいれば小鬼のように人の言葉を理解するものの自身は喋れない者もいて、ある程度は柚希のほうが対応しなければいけない。

裏参道には相変わらず紫陽花の花が咲いていた。青や紫の花が入り乱れるその光景は、直前に社務所で見た夢を柚希に髣髴《ほうふつ》とさせる。

「おや、姫様。もうお戻りでしたか」

　感傷的な気分になりかけたとき、頭上で木々の揺れる音がした。見上げるまでもなく、翼を広げた黒兵衛が柚希の前に舞い降りる。

「申し訳ありません、もう少し休んでからお迎えに上がろうかと……」

「いいよ、それよりもう動けるの？」

　石畳の上に立った黒兵衛は、問題ありません、と翼を広げてみせたものの、やはり疲労の色は拭いきれない。ここは早く家に帰って休ませたほうがよさそうだ。

　行こうか、と黒兵衛たちに声をかけようとして、柚希はぴたりと口を噤《つぐ》んだ。裏口に近い場所に咲いた紫陽花の陰に、誰かが立っている。

　まただ、と柚希は思う。

　以前にも同じ場所で見かけた覚えがある。輪郭の曖昧な、生きている者ではない何かが遠くに立っている。

　今回は黒兵衛も気づいたようで、おや、と目の上に翼をかざした。

「どなたでしょう。この神社にゆかりの深い方でしょうか」

「……さあ、この前もいたんだけど、近づくと消えちゃうんだよね」

　言葉と共に柚希は足を踏み出す。すると背後から吹いてきた静かな風がさわさわと紫陽花の葉を端から撫で、その振動が遠くの人影まで伝わったと思った途端、灰が散るようにその姿は砕けて消えてしまった。

ほらね、と黒兵衛を振り返ると、黒兵衛は何か考え込むように小さな頭を傾けた。

「もう随分前に亡くなった方なのでしょうか。しかし、神社であのような影を見かけるのは珍しい」

「だよね、お墓もないのに。お寺だったらよく見かけるけど」

そんな話をしながら人影の立っていた場所に近づいた黒兵衛は、いつかの柚希のようにギョッとした顔で動きを止めた。

一列に並んだ紫陽花の中、その場所に咲く花だけが禍々《まがまが》しいほどに赤い。

「姫様、紫陽花が赤いのは、その下に死体が……」

「違う違う違う、花の色は土壌がアルカリ性か酸性かで変わるから、それだけだから」

柚希は口早に黒兵衛の言葉を打ち消す。柚希も前回黒兵衛と同じことを考えて、少しだけ背筋が寒くなっていたからだ。


閉店を告げる『蛍の光』のメロディーがデパート内に流れ、潮が引くように客が去ると、店内は早々に照明が落とされ始める。薄暗い中で売り場の掃除を終えた柚希が半透明の社員バッグを手にロッカールームに向かおうとすると、後ろから同じ売り場のスタッフに声をかけられた。

「あれ、柚希さんまた口紅買ったんですか？」

年下のスタッフに目ざとく指摘され、柚希は慌ててバッグを脇の下に挟み込む。

「最近よく買ってますよね。売り上げに貢献してるんですか？」

「いや、そういうわけじゃないけど……自分に似合う色がよくわかんなくてね」

「えー？　でも今つけてるの、よく似合ってますよ？」

そりゃこの服にだったら合うけど、と柚希は胸の中で返事をする。

黒いパンツスーツをぴしりと着た柚希がつけているのはマットな深い赤の口紅だ。全身黒で決め、黒い髪を真っ直ぐ切った今の格好には似合うだろうが、これが白っぽいワンピースなどになるともう駄目だ。唇の色だけがやたらと浮いてしまってちぐはぐな印象になる。

柳神社に行くときは淡い色の服を着ることが多いので、それに合わせて最近ピンクベージュの口紅を買い漁っている柚希だが、どれもなかなかしっくりこない。ベージュが多少オレンジに転んでいようがピンクに傾いていようが正臣がさっぱり気づかないのはわかりきっているのに、運命の色を求めて今月だけでも何本の口紅を買っただろう。

（それ以前に、次回からどうやって神社に行くかも決まってないのに……）

ロッカールームへ向かう途中、柚希は深々とした溜息をついた。

前回拝殿に結界を張られたことを考えれば、もう妖怪たちと昇殿《しょうでん》しないほうがいいのは明らかだ。けれどそうすると、今度は拝殿に入る直前で毎回妖気が薄れることに気づかれるかもしれない。さすがにそんなことを続ければ正臣も怪しむだろう。

それどころか、修行とやらに勤《いそ》しんでいるらしい正臣が今後もめきめきと力をつけ、本当に妖怪たちを祓ってしまう危険性もある。それを思うと気楽に妖怪たちを神社に連れていくことはできず、だからといって妖怪の気配が薄れてお祓いが終わってしまうのも考えもので、ここ数日柚希は頭を悩ませ続けていた。

ロッカールームで手早く身支度をすませ店の外に出ると、人の行きかう道路には会社帰りらしいスーツ姿が目立った。今日は遅番だったので時刻はもう夜の十時近い。

遅番の日は必ず黒兵衛が迎えに来る。今日も柚希が外に出るなり、すぐに大きな羽音が近づいてきた。

「姫様、遅くまでお疲れ様でございます」

人混みを避けて飛んでくる黒兵衛に柚希は小さく頷き、周りの視線を気にしてあまり唇が動かぬよう、そっと黒兵衛に問いかけた。

「……で、どうだった？　何かわかった？」

もちろんでございます、と黒兵衛が胸を張る。

実は柚希、ここ数日黒兵衛に正臣の身辺調査を頼んでいた。今日はその報告日だ。

会社帰りのサラリーマンに交じって歩く柚希の後ろを飛びつつ、黒兵衛は真面目くさった口調で語り始めた。

「私の調査したところによりますと、やはり正臣殿は日々修行を続けておられるようです。肌に傷こそ残さないものの思ったより厳しい内容で、短期間でめきめきとお力をつけていらっしゃるご様子。遠くから見ている私の気配を気取られそうになることもあったほどです」

「それじゃ、そのうちアンタたちのことも見えるようになっちゃうんじゃない？」

そうなったら今度こそお祓いどころではなくなってしまうと眉を曇らせた柚希だが、黒兵衛は不可解そうな顔で首を傾げた。

「……というより、もう見えていてもおかしくないぐらいです。遠く離れた場所にいる私の気配に気づくくらいですから、目の前にいたら完全に見えていてもよさそうなものを……。前回の結界も見事なものでした。下手をしたら本当に我々も祓われかねません。それほどの力を持ちながら妖怪が見えないというのは……どうにも力がアンバランスと申しましょうか、自ら妙な具合に制御してしまっているような？」

腑に落ちない顔でしきりに黒兵衛は首を傾げている。

確かに、妖怪を見るにはちょっとした霊感があれば十分で、正臣のように神社で育ち、その上修行まで積んでいる人物が未だに妖怪一匹目に留めることができないというのはいささか妙なことではあった。

「それからもうひとつ。ここ数日正臣殿の行動を見張ってわかったのですが、あのお方は暇さえあれば妖怪を祓っていらっしゃるようです」

「えっ、どこの?」

まさかうちの妖怪じゃないだろうなと、うっかり周りの目も忘れて大きな声を出してしまった。突然上がった鋭い声に驚いたのか、隣を歩いていたサラリーマン風の男性がギョッとした顔でこちらを振り返り、柚希は慌てて口を噤むと足早にその場を通り抜ける。

「どこの、というか、どこでも、というか……本当に見つけ次第片っ端から祓っていらっしゃいます。空き地でも他人の家でも、妖怪の気配を感じると場所も時間も関係なくその場で祓いの儀式を始めてしまうのです」

「他人の家って……無理やり家の中まで入ってくるの?」

「ほとんどがご近所さん相手でしたので、案外すんなり家に入れてくれるようでした。しかしあの様子では、まるで面識のないご家庭にも多大な熱意をもって入り込んでしまわれるのではないかと」

「なんでそこまで――」

柚希は軽く眉をひそめる。人間社会に実害を及ぼすような妖怪ならともかく、空き地でおとなしくしている妖怪まで祓う必要はないのに。先日拾ってきた小鬼のように、人間に迷惑をかけることもなくにこにこと笑っているだけの妖怪だって山ほどいる。むしろそうした妖怪がほとんどだ。

駅前から離れ、だんだん人通りも少なくなってきた夜道で黒兵衛はさらに続ける。

「もうひとつ不思議なのは、見境なく妖怪を祓っておられるようなのに神社の裏山には見向きもしないことでしょうか」

「裏山って……この前事故が起きたっていう？　何かいるの？」

人通りが少なくなってきたので自然と柚希の言葉数も増える。

黒兵衛は神社のある方角に目を向けると、いますな、と神妙な顔で頷いた。

「何やら大きな妖怪が一匹潜んでいるようです。潜むといっても、かなり強力な妖気を纏っているのであのお方が気づかぬはずもないのですが……」

「逆に強力すぎて手が出せないんじゃない？」

「確かに、人の手に負える類のものではありません」

すっかり日の落ちた今、柚希には目を凝らしたところで山の稜線《りょうせん》を認めることもできないが、黒兵衛には何かが見えているらしい。目元が少し険しくなる。

「それにどうやら、山に潜む妖怪は人に恨みを抱いているようです。迂闊に近づくのは危険かと……」

山裾を見定めようとしていた柚希の歩調が乱れる。見返した黒兵衛の横顔はいつになく真剣で、柚希は戸惑いを隠せない。

柚希にとって妖怪は畏怖《いふ》の対象にならない。物心ついた頃からずっと共に暮らしてきたし、今だって道端で出会う妖怪たちは柚希に自分たちが見えるとわかると尻尾を振ってついてくる。子供の頃は妖怪に意地悪をされることもあったが、どれも子供のいたずらの域を超えないものだった。

俗に妖怪は恐ろしいもの、人に害を成すものと思われがちだが、それは半端に妖怪が見える人たちが過剰に妖怪を怖がった結果だと柚希は考えている。妖怪に悪さをされたといってもほとんどがいたずらレベルのもので、こちらに被害が及ぶ場合は大抵人間のほうがしなくてもいい防御策を練って自らの罠に溺れている。

祖父からも常々そう教わってきただけに、どうにも妖怪が人間に恨みを抱いているという状況が上手く想像できなかった。だが、同じ妖怪の黒兵衛が言うのだから、きっとそれは事実なのだろう。

「……その妖怪、人間に何かされたのかな」

ぽつりと柚希が呟くと、すぐさま黒兵衛が柚希の前に回り込んできた。

「そちらについても詳しく調査いたしましょうか？」

自ら名乗りを上げた黒兵衛の顔はどこかわくわくと楽しそうだ。どうやらここ数日正臣の身辺調査をしているうちに、探偵気分にでもなってしまったらしい。そこまでは別に、と柚希がすげなく断ると、目に見えてがっかりした顔になる。

黒兵衛には悪いが、今の柚希に裏山の妖怪にかかずらっている余裕はない。それよりも問題は、明日のお祓いをどう乗り切るかだ。

いっそ妖怪たちは置いていったほうがいいのか、拝殿に入るギリギリまで側に置いておいたほうがいいのか。

お祓いという口実がなければ正臣との縁はすっぱり切れてしまう。それがゆえに一刻も早く解決策を探さなければと悩み続ける柚希の頭からは、あっという間に裏山の妖怪の存在など消え去ってしまっていた。

翌日、結局なんの妙案も見つけられないまま柚希は柳神社の前に立っていた。

黒兵衛と小鬼といういつものメンバーを背後に引き連れ、柚希は鳥居の前で腕を組む。一応妖怪たちも連れてきたが、また正臣が新たな技でも習得していたら今度こそ本当に祓われてしまうかもしれない。そう思うとなかなか足が前に進まない。

昨日買ったばかりの口紅も日差しの下では思ったほど肌になじまず、柚希はイライラと後ろ頭を掻いた。

（やっぱり黒兵衛たちはここに置いていくか……。でもな、私に恋人ができない原因の一端はこいつらにもあるわけだから、いっそこのまま祓ってもらうという手も。すべて消し去ってもらったお礼に食事に誘うとか？）

「姫様、何か恐ろしいことを考えておられませんか?」

口には出していなかったものの、柚希の不穏な思考を読みとったのか後ろから黒兵衛が戦々恐々とした声を上げる。もちろん柚希だって本気でそんなことを考えていたわけではない。むしろそれができないからこうして悩み続けているのだ。

「今日のところは拝殿の前まで着いてきてもらうか……」

結局一番消極的な案を採用する他ないようだ。同じことを続けるうちに正臣には不審がられてしまうかもしれないが、そのときはまたそのときに考えよう。

「よし、じゃあ行こうか」

やっと腹も決まって振り返った柚希だが、そこにはまだ不安気な表情を浮かべる黒兵衛がいるだけだ。

「……あれ、小鬼は?」

さっきまで一緒にいたはずなのに、と柚希が辺りを見回すと、ようやく黒兵衛も小鬼がいないことに気づいたらしい。

「待ちきれず、先に中へ入ってしまったのでしょうか」

「あの小鬼、よっぽどこの神社が気に入ったんだね」

「確かにこの場所には清涼な空気が流れておりますからなぁ」

などと気楽に喋りながら小鬼を追って朱色の鳥居をくぐった柚希たちだったが、のんびりしていられたのは二つ目の鳥居をくぐるところまでだった。

拝殿の前には、すでに正臣の姿があった。相変わらずの神主姿で、こちらに背を向けて立っている。そしてその足元には小鬼の姿もあった。

遠目にその光景を見た柚希は、ぎくりとして黒兵衛と顔を見合わせる。

「……ちょっと、あれ大丈夫？」

「ど、どうでしょう、正臣殿にははっきりと妖怪の姿は見えないはずですが、あれほど近づいていたらさすがに気配は察しているのではないかと……」

こちらに背を向けた正臣は、足元に立っている小鬼をジッと見下ろしているようだ。もしかすると見えているんじゃないかと思うくらい首の角度はばっちり小鬼に向いている。対する小鬼はいつもの間抜け顔でニコニコと笑って正臣から離れようとしない。

嫌な予感を覚え、自然と柚希も小走りになる。その間も正臣は小鬼から目を逸らさず、ゆっくりと右手を空に向かって振り上げた。

そこで初めて、柚希は正臣が手に何かを持っていることに気づく。目を凝らすまでもなくすぐに榊の枝だと気がついた。祓いの儀式の際、祭壇に置かれているものだ。

「く、黒兵衛、あれ何してるの！」

「榊の枝には魔よけの効果があります、小鬼を祓うつもりです！」

黒兵衛の声に緊張が走るのと正臣が榊を持った手を小鬼に向かって振り下ろそうとした

のはほぼ同時だ。平和な顔で笑う小鬼の額に榊の枝が叩きつけられそうになって、柚希は声を張り上げた。

「待って！　待ってください！」

木々のざわめきと鳥の声だけが流れる境内には似つかわしくない緊迫した声が辺りに響き、今まさに小鬼を打ち払おうとしていた榊の枝がぴたりと止まった。

榊の枝を手にした正臣が驚いた顔で振り返る。

眼鏡の奥の瞳を丸くしたその顔は普段通り、いかにも誠実で人が好さそうなのに、それと同じ顔でたった今小鬼を祓おうとしたことが柚希には信じられない。祓う、と一言で言ってしまえば簡単だが、それは妖怪の完全消滅を意味する。祓われた妖怪はこの世から消えてなくなってしまうのだ。人だったら殺されたも同然だ。

柚希は素早く正臣と小鬼の間に割って入った。小鬼はたった今自分が消滅の危機に瀕していたことなど素知らぬ笑顔で柚希と正臣を見上げていて、そのことが余計に柚希を複雑な心境にさせる。こんなにも無防備な妖怪を問答無用で祓おうとした正臣のことがわからない。自然、正臣を見る目には強い非難の色が宿る。

「……今、何をしようとしてたんですか」

正臣は唐突に向けられた鋭い視線に一瞬困惑したような表情を浮かべたものの、すぐ厳しい顔つきになって柚希の足元に目を向けた。

「今柚希さんが立っている辺りに、強い妖気を感じたんです。きっとそこに妖怪がいます、だからお祓いをしようと」

「やめてください、必要ありません」

再び榊の枝を握り直した正臣に、柚希はきっぱりとした口調で告げる。

正臣は弾かれたように顔を上げ、まじまじと柚希の顔を覗き込んできた。

「……どうして止めるんです？」

心底不思議そうな顔で尋ねられ、柚希は軽く息を飲む。むしろこっちが聞きたいくらいだ。見えもしない妖怪をどうしてそうも執拗《しつよう》に祓おうとするのか。

柚希は背後にしっかりと小鬼を庇《かば》い、いつになく強い口調で言った。

「別に何か悪さをしているわけでもないのなら、祓う必要もないのでは？　中には悪意のない妖怪もいるかもしれませんし」

「ありえません。どんな種類のものであれ、この世に妖怪なんていないほうがいい」

柚希が言いきらぬうちに正臣が言葉をかぶせてくる。こちらの言い分になど端から耳を貸す気もないらしい頑なな物言いに、さすがに柚希もカチンときた。

「そうとも限らないでしょう。ただそこに存在するだけなら、誰にも迷惑なんてかけないはずです」

これまで正臣の前では猫をかぶって控え目に喋っていた柚希の声が格段に低くなる。後から追いついた黒兵衛は小鬼の横で、突然豹変《ひょうへん》した柚希の態度に目を剝いている。

正臣も眉間にシワを寄せた険しい顔つきで腕を組むと、一歩も譲らない表情で軽い溜息をついた。

「貴方は妖怪の恐ろしさを知らないんです。最近見かけるマスコットキャラのようなものを想像してはいけません。妖怪なんてただそこに存在するだけで、十分迷惑です。あいつらは本当に、存在自体が穢《けが》らわしく、禍々しい」

冷徹なくらいの一本調子で正臣が言い切ると、柚希の傍らに立っていた黒兵衛が無言のままパタ……、と羽を下ろした。正臣の言葉に反論するでもなければ憤るでもなく、しゅんとした様子で俯く黒兵衛を見て、カッと柚希の頭に血が上る。

「皆が皆そういうわけではありません！　むしろ善良な妖怪のほうが多いくらいです！」

柚希が声を荒らげても正臣はまったく怯《ひる》まない。それどころか、その表情はどんどん冷えて固まっていく。

「ですから、貴方は妖怪のことをよく知らないから……」

「知ってます！　貴方よりずっと！　現にここにいる妖怪は人畜無害《じんちくむがい》で——」

言いながら柚希が足元の黒兵衛に視線を向けると、サッと正臣の顔が強張った。大きく目を見開いてこちらを凝視するその顔つきに、柚希もとっさに口を噤む。怒りにまかせて口走った台詞の中に何かまずい言葉でも交じっていたかと視線を泳がせたら、正臣が組んでいた腕を力なくほどいた。

「……まさか、貴方には妖怪の姿が見えているんですか？」

　ハッとしたときにはもう遅い。

　どうにかこうにか隠し通そうとしていたことがあっさりばれてしまい、柚希は長年のくせですぐ側にいる黒兵衛と顔を見合わせてしまう。その目顔すらも見咎められ、あっという間に正臣に詰め寄られてしまった。

「やっぱり、見えてるんですね！」

「い、いえ……その、そういうわけでは……」

「だったらどうしてさっき僕が妖怪を祓おうとしたとき慌てて駆け寄ってきたんですか！　今だって後ろに妖怪を隠しているでしょう、気配がします！」

　違います、と繰り返したところで正臣が引き下がる様子はない。どうやってこの場を切り抜けようかと柚希が目まぐるしく言い訳を探していると、正臣が何かに思い至った顔でわずかに柚希から身を引いた。

「妖怪の肩を持つなんて、貴方もう、すっかり妖怪に取り憑《つ》かれてるんじゃ……」

　瀕死の患者を診る医者のように思い詰めた顔をする正臣に、柚希は必死で首を振る。

「ち、違います、そういうことではなく……強いて言うなら……共存、かと」

「その考え方自体がおかしいんです！　貴方は妖怪にたぶらかされてる！」

やはりお祓いを！　と正臣が榊の枝を振り上げて、柚希はさすがに尖った声を上げた。

「違うって言ってるじゃないですか！　ちゃんと聞いてください！」

「違いません、どう考えても貴方の言っていることはおかしい！　自分でそれに気づかないのが妖怪に取り憑かれている何よりの証拠です！」

話はまったくかみ合わず、正臣がこちらの言葉に耳を貸してくれる様子もない。押し問答にだんだん腹が立ってきて、柚希は思わず叫んでいた。

「妖怪も見えないくせに偉そうなことを！　見当違いもいいところですよ！」

痛いところを突かれたのか、グッと正臣が黙り込む。

今の言い方はさすがに神主のプライドに障ったか、と思わないでもなかったが、飛び出た言葉は戻らない。柚希は地面に立つ小鬼と黒兵衛を腕に抱え上げると、無言のまま正臣に背を向けてその場から駆けだした。

これでこの数週間の努力が水の泡だと思ったが、後悔はなかった。

妖怪なんて存在自体が穢らわしいと言い放った正臣の冷たい顔と、俯いた黒兵衛の顔が目に焼きついて離れない。

あのとき、どうしても黙っていられなかった。柄じゃないワンピースもあざといくらいの手作りクッキーも我慢できたのに、あそこで黙っていることだけはできなかった。

大股で神社の鳥居をくぐり抜けた柚希は、この似合いもしないピンクの口紅も今すぐ拭い落してしまいたいと、心の底からそう思った。

正臣の前で思い切りよく啖呵《たんか》を切った結果、休日になんの予定もない日々が戻ってきた。

短期間で買い集めた柔らかな素材のスカートやワンピースは早々にクローゼットの奥に押し込められ、似たような淡い色の口紅もすべて母親に譲り渡し、柚希の私室はあっという間に直線とはっきりした色合いに支配された空間に舞い戻る。

休日だというのに朝から夕方まで居間のソファーに寝転がりテレビを眺めていると、見かねた母親に夕飯の食材を買ってくるよう言いつけられてしまった。不貞腐《ふてくさ》れた表情で家を出れば、若い娘顔をした能面の付喪神、小夏がごく自然についてきて、「何かあった？」と優しく尋ねてきてくれた。だから柚希は家を出てから買い物をして帰ってくるまでの間、ここ数週間に正臣との間であったことを洗いざらいぶちまけた。

優しい笑みを口元に浮かべた小夏は話の先を促しもしなければ下手に要点をまとめようともせず、ただ気持ちよく合いの手を入れてくれて、外出先だというのに周りの目を気にすることも忘れて柚希は思う様小夏に不満をまくし立てた。

「もう本当に、あんな男だとは思わなかった！　人の話なんて聞きもしないんだから！　二十九歳崖っぷちだからって焦りすぎた！」

細身のジーンズに無地のTシャツという小ざっぱりした格好で、買い物袋を手にした柚希は怒鳴り散らす。その隣をふわふわと飛ぶ小夏は、わかるわ、と何度も頷いた。

「恋をしているときって、相手の本質が見えるまでが一番楽しいのよね。見えてしまったら後は妥協と諦めの連続だもの」

しみじみとした口調で小夏に呟かれ、柚希はげんなりと肩を落とした。

「あれは妥協も諦めも無理だ。全然話がかみ合わないんだもん。あんな人に一瞬でもときめいた自分を殴りたい」

「あら、ちょっとはときめいたのね？」

齢《よわい》百を超える小夏が小娘のようにはしゃいだ声を上げ、柚希はむず痒い表情で肩を竦めた。

少し、ほんの少しだけ、いいかもしれないと思った。

笑顔が優しくて、言葉遣いが丁寧で、いつもこちらを気遣ってくれて。

正臣を見て初めて異性というものを意識した。それは事実だ。

「……でももう、ときめきは失われた」

乾ききった声で柚希が答えると、隣で小夏が小さく笑った。

「どうかしら、一度ときめいたものがそう簡単に色褪せるかしらね？」

褪せるよ、と柚希は口の中で呟く。

こうして親身に話を聞いてくれる小夏たちのことを、正臣はただ存在しているだけで迷惑だと言ったのだ。長年共に暮らしてきた妖怪たちをそんなふうに切って捨てられては柚希も黙っていられない。

正直に言えば、なんだか妖怪たちと一緒にいる自分のことまで否定された気分になって傷ついた。

近くの商店街に行くだけだからとサンダルを履いて家を出た柚希は、むき出しの爪先を見下ろして溜息をつく。

いつかのように、彼氏ができないのは妖怪のせいだと嘯《うそぶ》いてみる。でも、その妖怪たちを見放すことなど自分にはできない。

茜《あかね》に染まる空の下、ブロック塀に濃く浮き上がる自分の影と、決して映ることのない小夏の影。確かにここにいるのに、と横目で小夏を見て、再び視線を前に戻したところで不自然に柚希の歩みが止まった。

煮魚の甘い香りが漂う道路の向こうに、着物姿の男性が立っている。

一瞬見間違いかと思った。けれど見間違いでもなければ幻覚でもなく、なぜか柚希の自宅から目と鼻の先に、正臣がいる。

とっさに回れ右してその場を離れようとした柚希だったが、正臣がこちらに気づくほうが早い。涼し気な薄い蓬色の着物に藍の帯を締めた正臣は、柚希と目が合うなり下駄の音を響かせて大股で近づいてきた。

　一直線にこちらにやって来る正臣はどう考えても柚希を捜していた様子だ。だが、どうして柚希がこの辺りに住んでいることを知ったのだろう。

　柚希は正臣に一切自宅の住所を教えていない。世間話の延長ですら住んでいる場所をほのめかしたことなどなかったはずだ。首をひねった柚希は、近づいてくる正臣が片手にしっかりと握りしめているタオルに目を止めた。

　何やら見覚えがあると思ったら、たった今柚希が買い物をしてきた商店街で何か行事があるたびに配っているタオルだ。柚希の自宅にも何枚かある。

　柳神社から商店街まではかなり距離があるはずなのになぜそれを、と首を傾げかけたところで、以前持参したおはぎのことを思い出した。

　祖母が町会長に渡すつもりだと言っていたおはぎの入った袋には、確か一緒に商店街のタオルも入っていなかっただろうか。タオルには商店街の住所もきっちり印刷されている。正臣はそれを頼りにここまでやってきたに違いない。

　柚希は思わず目頭を押さえる。犯罪者がなかなか最後まで逃げきれない理由がわかった、きっとこうやって、思いもかけないところで足がつく。

　柚希が目頭を押さえている間に距離を詰めた正臣は、柚希の前で立ち止まると軽く乱れた息の下で微かな溜息をついた。

「よかった、ちょうど貴方の家を探していたところだったんです」

「……うちに何かご用でしょうか？」

　まさかこのタオルを返しにきたわけではあるまいと予想しつつも尋ねると、思った通り正臣は真っ直ぐ柚希を見据え、とても面倒くさいことを言いだした。

「前回のお話の続きをしにきました。やっぱりあのまま放ってなんておくなんてできません。柚希さん、きちんとお祓いをしましょう」

　柚希は喉の奥で唸り声を押し潰す。

　前回あれだけ失礼なことを言ったのだから正臣との縁など完全に断たれてしまったと思ったのに。まだこうして縁が繋がっていることを崖っぷち女子としては喜ぶべきなのか、それとも。

（……厄介な問題が再燃したと見るべきか）

　前回の様子に鑑《かんが》みれば、正臣と柚希が和解する可能性はほとんどない。これ以上一緒にいても意見の対立が激しくなるだけだ。そう判断を下すが早いか、柚希は挨拶もそこそこに正臣の傍らを通り抜けようとした。

「その件でしたらもう結構ですので」

「そういうわけにはいきません。一度ご家族の方ともお話をさせてもらわないと」

　思いがけず大掛かりな話を持ち出され、柚希はぎくりと足を止める。

柚希がお祓いに通っていたことなど家族は誰も知らない。そんなことがばれたら勘のいい母のこと、最近唐突に柚希の服装やメイクが変わったことと目の前の正臣を容易に結びつけ、後で散々柚希をからかってくるだろう。

それより何より正臣が自宅にやってきたら、家中に漂う妖怪の気配に腰を抜かしてしまいかねない。

これ以上話を複雑にしてなるものかと、柚希は慌てて正臣を振り返る。

「いえ、本当に結構ですから、どうかお帰りください！」

「どうしてですか、貴方もあんなに熱心に妖怪を祓おうとしていたのに」

どこまでも生真面目に尋ねてくる正臣の横で、小夏が値踏みをするようにじろじろと正臣を眺めている。しばらくすると気がすんだのか、柚希を振り返って「悪くないじゃない！」とウィンクをしてきた。小夏のお眼鏡にかなったのは光栄だが、正直今はそれを喜ぶ余裕がない。

ほんの数メートル先、この道を直進して右に曲がればもうすぐそこが柚希の家だ。家から漏れる妖気に正臣が気づかないうちに少しでもこの場から正臣を遠ざけようと苦心していると、自宅に続く曲がり角からひょいと柚希の祖母が現れた。

買い物かごを腕にぶら提げた祖母は、柚希に気づいて気楽に声をかけてくる。

「あら柚希、アンタも買い物に行ってたの？　だったら一緒にお味噌買ってきてって頼めばよかった。ちょうど足りなくなっちゃってねぇ」

　柚希は慌てて唇の前で人差し指を立てるが祖母は構わず喋り続ける。正臣も振り返り、角を曲がった先から祖母が現れたことに気づくと、これ以上の話し合いは無用とばかり柚希を残してそちらに歩いていってしまった。

「ちょっと！　本当にもう結構ですから！」

　追いかける柚希の声も空しく、正臣は祖母の傍らを通り抜けて角の向こうに消えていく。柚希も走りにくいサンダルで必死に駆けて正臣を追ったが、遅かった。

「な……なんですか、これは……！」

　山城、と表札のかかった家の前で、正臣はすっかり硬直していた。視線は屋根の辺りをさまよっていて、柚希はその場にしゃがみ込み頭を抱えたくなる。はっきり目に映ってはいないだろうが、きっと正臣は屋根を押し潰すほど大きなガシャドクロと化け猫の気配を感じとっているのだろう。

　柚希に気づいたガシャドクロが、いつものように大きな手を上げガシャリと指先を鳴らす。その音が聞こえたのか、はたまた不気味な気配だけ察したのか、正臣の肩がびくりと跳ねた。と思ったら背後にいた柚希を振り返って猛烈な勢いで詰め寄ってくる。

「やっぱり！　家全体が妖怪に乗っ取られているじゃないですか！　柚希さんだって気づいてるんでしょう、なんて禍々しい……！」

「いいんです！　うちはこれでいいんです！」

柚希もやけになって言い返す。実際妖怪屋敷なのだから下手な言い訳などなんの役にも立たない。だからといって、正臣もおとなしく引き下がるわけがない。

「いいって一体何がいいんですか！　妖怪に取り憑かれた家のどこがいいんです！」

「この家の人間がいいって言ってるんだからいいんです！　それよりそっちこそストーカーですか！　わざわざ家まで来るなんて！　放っておいてください！」

ストーカー、という言葉に正臣は一瞬たじろいだ顔をしたが、すぐに首を振って懐から何かを取り出した。

「放っておけるわけがないでしょう！　こんなのこの家の人たちだけでなく、町全体にとっても悪影響です！　即刻お祓いをする必要があります！」

言いながら正臣が取り出したのは柳神社の名が入った紙袋だ。以前柚希も貰い受けた、清めの塩が入った袋である。

後はもう柚希の反応も待たず本気で格子戸の隅に盛り塩をしようとする正臣を、柚希は体当たりする勢いで押し止めた。この程度の塩が妖怪たちに影響を与えるとも思えなかったが、こちらの話を聞こうともしない正臣に腹が立つ。

「だから！　必要ないって言ってるじゃないですか！　どうしてそんなに妖怪を追っ払いたがるんです！　妖怪なんて怖いものでもなんでもないのに！」

力の限り柚希が叫ぶと、ようやく正臣の動きが止まった。袋から塩を出していた手を止めて、屈めていた体も伸ばすとゆっくり柚希を振り返る。

見上げた正臣の顔はすでに直前までの興奮した色を帯びておらず、むしろ彫刻のように冷え冷えとしてなんの表情も浮かんでいなかった。

感情の乏しい瞳に気圧されうっかり柚希が口を噤むと、正臣はしばらく黙り込んだ後、ゆっくりとした瞬きをした。

「……だから貴方は妖怪の恐ろしさをわかっていないというんです」

先ほどまでの騒々しさが嘘のように正臣の声は低く、抑揚がほとんどない。

真っ暗な闇の中から押し寄せる夜の海にも似たその響きに、不覚にも柚希は一歩後ずさりする。正臣はそれと同じ分だけ柚希のほうに足を踏み出し、限界まで潜めた声で言った。

「僕は妖怪に家族を奪われました。子供の頃、神社の裏山に棲む狐の妖怪に、家族を殺されたんです」

柚希には俄かに信じかねることを、けれど一片の迷いもなく。

「ま――」

まさか、と笑い飛ばそうとして、でも声は喉に詰まって出てこなかった。

柚希を見返す正臣の目が、茶化すことなど許さないくらいに真剣だったからだ。

甘い香りが鼻先を漂う。よく熟れた洋梨の香りだ。

匂いの出所はわかっている。通路に面した商品棚に陳列された新製品の香水だ。初夏にぴったりのさっぱりと瑞々しい香り、という売り込み文句だが、少々甘さが強すぎる。胸焼けしそうでそっと通路から顔を背け、柚希は腕時計を見下ろした。そろそろ夕方の六時。今日は早番なので退社の時刻だ。

幸い店先に客の姿はなく、カウンターの裏で柚希がさりげなく後片づけを始めたとき、ぱたぱたと小さな羽音が近づいてきた。耳ざとくそれを聞きつけ顔を上げると、フロアに並んだ商品を照らし出すまばゆい照明の下、黒兵衛がこちらに向かって飛んでくる。

普段なら店の外で柚希を待っている黒兵衛がこうして店内まで入ってきたのは、戻り次第すぐ顔を見せるよう柚希が言いつけておいたからだ。余計な会話は一切なしで、どうだった？　と潜めた声で柚希が尋ねると、カウンターに降り立った黒兵衛もつられたように声を低くした。

「柳神社の裏にある山の様子を探ってまいりました。あそこには、古くからあの山に棲む狐の妖怪がいるようです。正臣殿の言葉は間違っておりません」

そう、と柚希は溜息混じりの返事をする。

昨日、自宅に押しかけてきた正臣が最後に残していった言葉が気になって、柚希は朝から黒兵衛に山の様子を見にいかせていた。内心、家族を妖怪に殺されたなんて正臣の勘違いではないかと思ったのだが、その言葉を裏づけるように山には狐の妖怪がいるという。

柚希はカウンターの周りに人がいないことを確認すると、掌で口元を隠して黒兵衛に尋ねる。

「そういえば、前にあの山に棲む妖怪は人間を憎んでるって言ってたけど……それは？」

「狐の様子を探ってみましたが、やはり相当強く人間を憎んでいる様子。残念ながらその理由まではわかりかねますが、先日山を切り拓く目的で入山した人間が事故に遭ったというのも、もしかするとあの狐の仕業かもしれません。今回に限らず、二十年前に工事が中止になったというのも何か関係しているのかもしれませんな」

柚希は口元を押さえたまま眉間に深いシワを刻む。

事故の規模がどれくらいのものかは知らないが、少なくとも二十年前は工事そのものが中止になり、今回も事故以来業者は山に入っていないという。今のところ死者までは出ていないようだが、もはやいたずらでは片づけられないほどの被害が出たのは疑いようがなかった。

（まさか本当に、妖怪が人を殺した……？）

胸の中で呟いてみるが、どうにも現実味が湧いてこない。

物心つく前からずっと妖怪と暮らしてきた柚希としては、人間が妖怪に憎まれるということからしてすでに上手く想像ができない。共に暮らす妖怪は言うに及ばず、出会ったばかりの妖怪たちでさえ柚希と目が合うと嬉し気な顔をして寄ってくるのに。

正臣の家族が妖怪に殺されたなんて何かの間違いではあるまいか。けれどそんなほのかな期待を、瞼の裏に浮かび上がる正臣の冷え切った表情が否定する。ただの勘違いで、あんなにも底冷えのする顔ができるものだろうか？

頭の中に詰まった疑問を揉みほぐすつもりで柚希が指先を額に押しつけると、それまで流れていた店内放送の音楽がふいに変わった。

インストで流れる『雨に唄えば』に耳を傾け、雨が降ってきたんだな、と柚希は反射的に考える。デパートは窓が少なく売り場に立つ人間には外の様子がわかりづらいので、こうして天気の変化を音楽で知らせるところが多い。

店の入口に傘やレインコートなどの雨具を並べるため忙しなく通路を行き来し始めた店員を横目に、柚希は買い物袋にかける雨避けのビニール袋だけ準備すると他のスタッフに声をかけて一足先に売り場を後にした。

ロッカールームで身支度を整え黒兵衛と共に外に出ると、やはり外では雨が降っていた。そろそろ梅雨入りも近いのだろう。柚希は通用口の前に立ってごそごそとバッグの中を探る。確か折りたたみ傘を入れていたはずだ。

「おや、姫様、あれは……」

カバンの底に敷かれていた傘を柚希が苦労して引っ張り出していると、黒兵衛が雨にけぶる道路の向こうを指し示した。柚希もそちらに顔を向けると、人混みに紛れて明らかに人とはシルエットの異なる者がこちらに近づいてくる。ぴょこぴょこと跳ねるように一歩ずつ近づいてくるそれに、柚希は思わず手を振った。

「唐傘小僧《からかさこぞう》、わざわざ迎えに来てくれたの？」

下駄を履いた一本足でぱしゃりと水たまりを踏んで柚希の前に立ったのは、唐傘小僧だ。取っ手の部分が人間の足になっており、傘の部分にはぎょろりとした大きな目玉がひとつついている。見た目こそ不気味だが、気質は穏やかで優しい妖怪だ。

お礼のつもりで柚希が唐傘小僧の胴の部分を撫でてやると、くすぐったかったのか唐傘小僧が軽く身をよじった。その拍子に、唐傘小僧の足元にポトリと転がり落ちるものがある。傘の内側に潜んでいたらしいそれは、小鬼だ。

「アンタまで迎えに来てくれたの？　それともなんだかわかんないけどついてきちゃっただけ？」

雨音に紛れるくらい潜めた声で柚希が尋ねても、小鬼はにここと笑うばかりで何も答えない。まぁいいか、と柚希は小鬼が水たまりで濡れないよう腕に抱き上げた。

軒先から出ようとすると、唐傘小僧が柚希の足元でポンと傘を開いた。使っていい、ということだろう。けれど柚希は苦笑して、鞄から取り出した折りたたみ傘を広げる。

「ありがとね。でも今日はこっちがあるから大丈夫」

唐傘小僧の申し出はありがたいが、あれを差すとなるとすね毛の生えた唐傘小僧のゴツイ足を手に持たなければならなくなる。正直それは遠慮したい。

唐傘小僧は不満を示すわけでもなくゆっくりと傘を閉じると、柚希の歩調に合わせて雨の中を歩き始めた。

出がけに傘を持たずに出かけた柚希が雨に濡れないか心配して迎えにきてくれたらしい唐傘小僧に、優しいな、と柚希は思う。昔から大きな傘を持ち歩くのが嫌いだった柚希は、雨さえ降っていなければどんなに空が曇っていようと傘を持たずに出かけることが多く、幼い頃は雨が降るたび唐傘小僧のお世話になっていたものだ。

黒兵衛もどこかから大きな葉っぱを調達してきてそれを傘代わりに柚希の後をついてくる。小鬼は柚希の腕に抱かれてご機嫌だ。

(こんな妖怪たちが、人間を憎んだり殺したりすることなんて本当にあるのかな)

傘の表面をぱらぱらと雨が叩く。しばらくその音に耳を傾けてみても後から後から湧いてくる疑問を打ち消すことはできず、柚希は道の真ん中で歩みを止めた。そして、唐傘小僧や小鬼、黒兵衛を順に見回して尋ねる。

「家に戻る前にちょっと寄りたいところがあるんだけど、いい?」

反対の声は、勿論誰からも上がらなかった。

妖怪三匹を従え柚希がやってきたのは柳神社だった。

デパートを出るときすでに小雨程度だった雨は上がり、空には薄雲が広がっている。柚希は傘をたたんで鞄に押し込むと、覚悟を決めて朱色の鳥居を見上げた。

どうしても、昨日の正臣の言葉が頭から離れなかった。本当に正臣の家族が妖怪に襲われたというのなら、どういう経緯があったのか聞いておきたい。もしかするとその過程で、正臣の思い違いだとわかるかもしれないという淡い期待もあった。

ひとつ目の赤い鳥居をくぐり抜け、雨上がりの濡れた参道を歩く。その先には小振りの石の鳥居があり、そこを抜けた向こう側には社務所や拝殿が並んでいる。

直前まで雨が降っていたせいか、境内に柚希以外の参拝客の姿はなかった。頭上を覆う木々の枝からときおりぱたぱたと水滴が落ち、むき出しの地面に吸い込まれていく。

社務所の前にも人気はなく、拝殿の裏に回り込んでようやく見慣れた背中を見つけた。白い着物に袴を穿いたその後ろ姿を前に、柚希はギュッと鞄の持ち手を握りしめる。

昨日、別れ際に見た正臣の顔を思い出すと容易に声をかけるのは憚られた。また冷淡な目を向けられたらと思うと身が竦む。

まごついているうちに相手のほうが柚希の気配に気づいたらしく、パッとこちらを振り返った。その顔を見て、柚希は喉元まで出かけていた「こんにちは」という当たり障りのない挨拶を胃の奥底まで飲み込んでしまった。

正臣の顔には昨日まではなかったシワが刻まれ、髪にも白いものが交ざっていた。

一晩で一気に老け込んだ、と思ったのは一瞬で、柚希は自分が人違いをしていたことを悟る。

柚希を振り返った男性は、正臣ではなかった。正臣よりずっと年上で、眼鏡もかけていない。柚希を見ると参拝客とでも思ったのか礼儀正しく頭を下げてくる。一瞬とはいえ柚希が見間違えたのは、きっと目元に寄った優しいシワや、笑みを含んだ口元がどことなく正臣と似ていたからだろう。

しばし迷ってから、柚希は思い切って男性の元へ歩み寄った。

「……あの、もしかして正臣さんのお父様ですか……？」

さすがに唐突過ぎたのか、相手の顔をサッと困惑の表情が掠め、柚希は慌てて居住まいを正した。

「私、こちらで正臣さんにお祓いをしていただいている山城柚希と申しますが……」

「ああ、柚希さん！　これはこれは、息子からお話は伺っております」

名前を出した途端、目に見えて男性の表情が緩んだ。

柚希は内心、こんなにあっさり話が通じるなんて正臣はどれだけ家族に自分のことを話しているのだろうかと思ったり、初対面のお父さんまで自分を名前で呼ぶのかと思ってみたり、明後日の方向に思考が飛んでしまって返答が遅れる。ちなみに正臣は柚希の名を苗字と勘違いしていたと気づいた後も柚希を下の名で呼び続けている。柚希がそのままでいいといったのを律儀に覚えているのかもしれない。

思考がぶれて視線をさまよわせた柚希の前で、正臣の父はもう一度丁寧に頭を下げた。

「正臣の父、和正《かずまさ》と申します。この神社の宮司を務めております」

柚希も慌てて会釈を返し、ちらりと周囲に視線を向けた。

「あの、今日は正臣さんは……？」

「正臣なら大量の塩とお札を抱えて午後から出かけておりますが……何かお約束でもありましたか？」

心配顔で尋ねてくる和正に、柚希は軽いめまいを覚えた。

（……それ多分、うちに行ってる）

今日、仕事に行くため家を出た柚希は道路に面した格子戸の横にこんもりと盛られた塩を見て足を止めた。それは明らかに昨日までなかったもので、昨夜玄関先で柚希と別れた後正臣が置いていったものに違いなかった。さらに自宅の周りを囲む白壁には魔除《まよ》けと思しき札がベタベタと貼られていて、こんな物が近所の目に触れたらどんな噂を立てられるか知れたものではないと目についた分だけ剝がして出勤したのだが。

こめかみに指を当て押し黙ってしまった柚希に、和正が気遣う視線を向けてくる。柚希は一瞬迷ったものの顔を上げると、正臣がほとんど無理やり自宅を祓おうとしていることを和正に打ち明けた。

「我が家としては妖怪の被害に遭っているわけでもありませんし、隣近所の目もありますので盛り塩やお札を貼っていくのは控えていただきたいのですが、お父様のほうからもそう伝えて頂けないでしょうか？」

心底困っている、というよりいっそ迷惑している、という表情も露わに柚希が訴えると、和正は弱り顔で柚希に頭を下げた。

「それは大変失礼しました。息子には私からもよく言っておきます。……ですが、何かと思い込みの激しいところがある子なので、すぐに言って聞かせられるかどうか……」

こういった苦情を寄せられるのは初めてではないのか、和正は苦渋を極めた顔で溜息などついている。黒兵衛が調べたところによれば、正臣は他人の家だろうとなんだろうと妖怪を見つければ半ば無理やりにお祓いをしているというから、あながち的外れな想像でもないかもしれない。

しかし料金もとらず、それどころかお祓いを拒否している者のところにまで乗り込んでいって妖怪を祓い続けるその情熱は一体どこから湧いてくるのだろう。正臣を突き動かす意志は生半可なものではないはずだ。

他人の家庭の事情に首を突っ込むのは気が引けたが、黙っていたら山城家に及ぶ被害も相当なものになる。柚希はためらいつつも口を開いた。

「……妖怪のせいで家族を失ったというのも、単なる思い込みでしょうか？」

難しい顔で顎を掻いていた和正の指先が止まる。斜め上に向けていた顔の位置はそのままに、瞳だけが柚希を捉えた。

「……それは、正臣自身から聞いた話ですか？」

「はい。裏山に棲む妖怪のせいで、ご家族を亡くされたと……」

お前には関係ない、と突き放されるのも覚悟で柚希は和正と視線を合わせる。

和正はしばし無言で柚希を見下ろした後、固く結ばれた糸でも解くようにふわりと目元を緩ませ、「少し歩きましょうか」と柚希の前を歩き始めた。

厚い雲に覆われた空の下、境内を吹き抜ける風は冷たく湿っている。柚希と連れ立って拝殿の周りを歩き始めた和正の歩調は緩やかで、柚希も黙ってその後を歩いた。

腰の後ろで手を組んでのんびりと歩いていた和正は、前置きもなく、単なる昔話でもするような気負わない調子で二十年以上前の話を始めた。

「ここからも見えますが、神社の裏にあるあの山に昔、展望台を造ろうという計画が持ち上がったんですよ」

歩きながら和正が指さす方向を見ると、灰色の空に低い山の稜線が霞んで見えた。

柚希の後ろには黒兵衛と小鬼、唐傘小僧もいて、皆おとなしく口を噤んで後をついてくる。

「ところが、工事開始早々に相次いで事故が起こりましてね。これは何かあるのではないかとうちの神社にお祓いの依頼がきたんです。その依頼を受けたのが私の父。正臣にとっては祖父に当たります」

和正の語るところによれば、依頼を受けてからというもの、正臣の祖父は毎日山へ入って祓いの儀式を行っていたという。まだ幼かった正臣はもちろん、当時すでにこの神社の神主だった和正も連れず、たったひとりで。

最初は神主姿で、清めの塩や榊の枝、大幣などを持って山へ入っていたのが、だんだんと服装がラフなものになり、儀式の道具を持っていくことも少なくなって、最後は普段着のまま、なぜか油揚げを欠かさず持って山へ入っていくようになったのだそうだ。その上帰ってくる頃には毎回体中泥だらけにしていて、明らかに祓いの儀式をしている様子はない。山で何をしているのかと問うても、家族には一切打ち明けなかったという。

「……思えばあの時点で父は、狐に取り憑かれていたのかもしれません」

和正の草履が石畳をザラリとこする。引きずるようなその足取りに、和正が未だに当時のことを吹っ切れていないのが見てとれた。一体何があったのかと息を潜めて次の言葉を待っていると、とうとう和正の足が完全に止まった。

「嵐の夜のことでした。外は大雨で、空には雷まで光っていた。そんな天気の、しかも真夜中に、父が突然山へ行くと言いだしたんです」

和正が顔を斜め上に向ける。視線の先には、遠くにそびえる山の頂がある。

「本当にひどい雨で、山は小規模な土砂崩れが頻繁に起こっていました。山の中には明かりもないし、私たちは必死で止めたのですが、父はまるで耳を貸さなかった」

「それで、正臣さんのお祖父さんは――」

待ちきれず柚希が声を上げると、和正が肩越しに柚希を振り返った。やはりどことなく正臣と似たところのある目元に、後悔をにじませたシワが寄る。

「真夜中の山で土砂に呑まれて、他界しました。私たちがどれだけ止めても聞き入れず、うわごとのように、祠《ほこら》が、祠がと繰り返して」

柚希は体の脇に垂らした手を、思わずギュッと握りしめた。

もう二十年以上昔の話だが、当事者である家族にとってはまだ生々しく記憶に残る出来事なのだろう。複雑な色を帯びる和正の目を見ていられず、柚希は俯いて視線を落とす。

かける言葉も見つからず黙り込む柚希に気を遣ったのか、和正は声の調子をガラリと穏やかなものに変えた。

「あの晩、息子は山頂に狐の影を見たと言っていました。ここから何百メートルも離れた山にいる狐なんて肉眼で見えるはずもありませんし、きっと夢でもみたのでしょう。でも、おかげで未だにあの子は祖父を狐に殺されたと思っています。お爺ちゃん子でしたから、そうでも思わないと自分を納得させられなかったのかもしれませんね」

和正の口調にはどこか呆れた響きすら混じっていて、幼い正臣の言葉を深刻に受け止めている様子は窺えない。

社務所の前で足を止めた和正は、改めて柚希に頭を下げた。

「最近また裏山に人が入るようになったものだから息子も少し神経質になっているようです。でも、そちらにはこれ以上ご迷惑をおかけしないよう、しっかり言い聞かせておきますので」

不幸な話を聞いた直後ということもあり、よろしくお願いしますと念を押すのも憚られ柚希は黙って会釈をした。

いっぺんに神妙な顔つきになってしまった柚希に和正は鷹揚《おうよう》な笑みをこぼし、社務所でお守りなどを売っていた巫女さんに一言、二言声をかけた。巫女さんはすぐ席を立って社務所の奥へ入ると、すぐに何かを手に戻ってきた。

「これ、正臣と父の写真です」

気を紛らわせようとでもしてくれているのか、和正が笑って写真立てを差し出してくる。

おずおずと受け取ったそれを覗き込んだ柚希は、期せずして上擦《うわず》った声を上げてしまった。

「かっ…可愛い！」

色褪せた写真には、まだ小学校に上がる前と思しき幼い少年が写っていた。前髪を眉の上で一直線に切って、真っ黒な目を大きく見開いてこちらを見ている。真冬に撮った写真なのか、ふくふくと丸い頬はリンゴのように真っ赤だ。

あまり面影は残っていないが、これが幼い頃の正臣だろう。隣には白髪を後ろに撫でつけた老人の姿がある。丸い眼鏡をかけ、正臣を膝に乗せて穏やかに笑っているこの人物が正臣の祖父か。こちらには現在の正臣や和正を髣髴とさせる雰囲気がある。祖父から孫まで三代揃って、目元の優しそうなところはそっくりだ。

しばらく微笑ましく写真を眺めていたが、正臣の祖父の顔を見ているうちに何かが頭の奥で引っかかった。どことなく、この人物に見覚えがある気がする。

気になりつつも写真を返すため和正の顔を見上げ、柚希は唐突に気がついた。気がついたらもう黙っていられず、不躾なのを承知で和正に尋ねる。

「あの、正臣さんのお祖父さんのお名前、教えていただけませんか」

脈絡のない柚希の質問に和正は多少面食らったような顔をしたものの、すぐに表情を和らげ、義和《よしかず》だと教えてくれた。

社務所の前で和正と別れた柚希は、その足で裏参道へ向かった。紫陽花の咲き並ぶ参道には、今日も輪郭の曖昧な人影が立っている。

いつもは柚希が近づくとすぐに消えてしまうその人影に、柚希はまだ大分距離を保った状態で声をかけた。

「義和さん」

柚希の声に応えるように、紫陽花の花が大きく揺れる。

いつもは花の振動が伝わると煙のように掻き消えてしまう人影が、今日は消えもせずそこに残った。それどころか、柚希の声に反応してわずかにこちらを向く。

柚希は輪郭の朧《おぼろ》な人影にゆっくりと歩み寄る。

近づいてみてようやくわかった。いつも白っぽい服を着ていると思っていた人影は白い着物を着て、紫陽花の葉に隠されがちな下半身に浅黄の袴を穿いている。

「姫様、この方はもしや……」

それまで黙って柚希についてきていた黒兵衛がぱたぱたと翼を上下させ朧な人影の顔近くまで飛び上がる。柚希はその人物と目を合わせたまま、うん、と頷いた。

「きっとこの人が、正臣さんのお祖父さん。……柳義和さん、ですよね?」

柚希が名前を呼ぶと、目の前に立つ人物の輪郭が少しだけはっきりした。先ほど写真で見たのと同じ、丸い眼鏡をかけた顔に薄く笑みがにじむ。

柚希は再び口を開きかけるが、それより先に強い風が裏参道を吹き抜け、正臣の祖父の姿はいつものごとく一瞬でその場から掻き消えてしまった。

誰もいない裏参道に取り残された柚希は、目の前の赤い紫陽花に視線を落とす。

「今の幽体、正臣殿が呼んでしまわれたのでしょうか」

「多分、そうだろうね」

和正の話によれば正臣は随分祖父を慕っていたようだし、未だに裏山の狐のことを気にしているところを見ても、まだ祖父のことを忘れてはいないだろう。

「今もまだ、お祖父さんのことを何度も呼んでるんだと思う」

それもよほど心を込めて故人の名を呼んでいるのだろう。そうでない限り、ああした姿が現世に現れることはない。加えて、家族を妖怪に奪われたと告げたときに正臣が見せたあの冷え冷えとした表情。正臣が祖父に対してどれほど深い想い入れがあるのか思い知らされた気分になって、柚希は軽く唇を噛んだ。

和正の話を聞いただけでは、まだ本当に正臣の祖父が裏山の狐に殺されたのかどうか判断はつかない。けれど、妖狐の棲む山に入ったことで正臣の祖父に何らかの異変が生じたことは間違いないようだ。

祖父を失った原因が妖怪そのものでなくとも、発端であるというだけで正臣にとっては十分妖怪を憎むに値するのかもしれない。

柚希は後ろに控える妖怪たちに視線を移す。石畳の上に立つ黒兵衛と小鬼と唐傘小僧は、静かに柚希を見上げて動かない。柚希が消沈しているのを察してか、いつもは片ときもじっとしていられない小鬼でさえもおとなしくそこに立っている。

「……帰りましょうか」

そっと黒兵衛に声をかけられ、柚希は小さく頷いた。こんなふうに優しい妖怪たちだっているのにな、と少し遣り切れない気持ちを抱きながら。

「柚希さん」

柚希たちが歩き始めるとすぐに、後ろから聞き覚えのある声に呼び止められた。一瞬和正かと思い無防備に振り返った柚希は、すぐさま間違えに気づいて足を止めた。表参道に続く道の向こうから歩いてくるのは正臣だ。親子だからか声まで似ている。

「父から柚希さんがいらしていると聞いたものですから……」

早足で歩きながらそんなことを言う正臣はこちらに戻ったばかりなのか、薄藍の着物に下駄を履いていた。その顔に先ほど紫陽花の葉陰に消えていった正臣の祖父の顔を重ね、柚希は正臣と正面から向かい合う。

「お祖父さんのお話、伺いました」

前置きもなく柚希が告げると、正臣は虚を衝かれた顔になって柚希まであと数歩というところで足を止めた。

一体胸中にどんな思いが去来したものか、束の間口を噤んでから正臣は低く重々しい声で告げた。

「だったら、わかったでしょう。妖怪は恐ろしいものなんです。すべて排除すべきだ」

柚希も一瞬黙り込む。慕っていた祖父を妖怪のせいで亡くしたと信じ込んでいる正臣が、妖怪を恨む気持ちもわからないではない。けれど傍らに立つ黒兵衛が所在なさ気に翼を上下させる姿など見てしまうと、どうしても庇い立てせずにはいられなかった。

「確かに質《たち》の悪い妖怪もいるのかもしれません。でも、全部一括りにしないでください。そもそもお祖父さんが亡くなったのだって、妖怪のせいではなく純粋に山の事故に巻き込まれただけかもしれないじゃないですか」

柚希としては至極真っ当なことを言ったつもりだったのだが、正臣は不当なことでも言われたかのような顔でムッと眉根を寄せてしまった。

「……子供の頃、父にもよく同じことを言われました。でも、祖父が亡くなった直接の原因が事故だったとしても、狐に取り憑かれて連日山に入っていたのは事実です。家族が止めるのも聞かず毎日毎日油揚げを持って。そんなのは普通の状態じゃない」

柚希の言い分はすでに幼い頃から周囲の大人に言い聞かせられてきたことらしく、正臣が動じる様子は一切ない。むしろ一層意固地な顔つきになってしまったようで、柚希は慌てて違う言葉を探す。

「でも、毎日油揚げを持って山に入っていったのも何か理由があったのかもしれません。妖怪に取り憑かれて山に入っていったなんて、全部想像でしょう?」

「それを言うなら、何か理由があったのかもしれないなんていう貴方の言い分だって想像だ」

「じゃあ結局どちらの考えが正しいかなんてわからないじゃないですか。お祖父さんが亡くなられた今となっては、裏山に棲む妖怪にでも聞かない限り……」

こんなことなら理論武装してから来ればよかった。正臣がすらすらと淀みなく言葉を接ぐものだから、自分のほうが苦しい言い訳をしている気分だ。柚希が歯噛みすると、胸の前で腕を組んだ正臣が小さく笑った。

「妖怪に話を聞くなんて、そんなことは不可能です。大体、妖怪ごときに人と会話をするだけの知性があるとも思えません。あんな凶暴で野蛮な輩《やから》なんですから」

足元で、あ、と黒兵衛が小さな声を上げた。何かを察したのだろう、おろおろと柚希の顔を見上げ翼を上下に振ってくる。落ち着いて、とでも伝えたいのかもしれない。

だが、その時点で柚希の目はもう据わっている。

妖怪たちの存在を鼻先で笑い飛ばした正臣の態度に、ぶっつりと柚希の中で何かが切れた。その音を、確かに柚希は耳にした。だからもう止まらない。止めようもないと潔《いさぎよ》く諦め、柚希は己を戒めるものを一切合財放棄する。

実際には切れたというより自ら堪忍袋《かんにんぶくろ》の緒をぶっちぎった柚希の目に、黒兵衛のささやかなフォローなど映ろうはずもなかった。

「妖怪のことを何もわかっていないのは、貴方のほうでしょう」

オロチが地を這うような低い声はすぐ側に立っている正臣の耳にもはっきりとは届かな

かったらしく、なんです？　と正臣が身を乗り出す。柚希はその耳を摑んで引きずり寄せたくなる衝動を抑え、参道中に響けとばかり声高らかに宣言した。

「私にはできますよ！　妖怪の言葉を聞きとるくらい、簡単に！」

貴方と違って、と言いたいところをグッとこらえたのは柚希なりに最後の理性を総動員したからに他ならないが、言葉にしないまでも目顔からそれは伝わってしまったらしく、見る間に正臣の表情が険しくなる。

柚希は居丈高に胸を反らして腕を組むと、口元にうっすらとした笑みを浮かべて正臣に尋ねた。

「なんなら今から山に行ってみませんか？　直接狐に聞いてみましょう。お祖父さんが山に入っていった嵐の晩、そこで一体何が起こったのか」

お前にそんな根性があるならな！　と今度こそ口を滑らせそうになったが、唇を左右に引き伸ばし笑みを作ることでなんとかこらえた。元から喧嘩っ早い柚希の気質を知っている黒兵衛が、そんな柚希と正臣の間に立ってあたふたと足踏みをしている。

黒兵衛の姿など目に映らない正臣は唇を真一文字に引き結び、一直線に柚希を見詰めて動かなかった。当然、柚希も目を逸らさない。

紫陽花の花が美しく咲き乱れる参道で、無言の睨《にら》み合いが続く。

無限に続くのではないかと思われた沈黙を先に破ったのは、正臣だ。

「……いいでしょう。行きます」

こうなればお互いにもう引き下がれない。柚希も黙って首を縦に振る。

かくして、柚希と正臣、黒兵衛と小鬼と唐傘小僧の総勢五名は、急遽狐《きゅうきょ》の妖怪が棲むという裏山に足を踏み入れることになったのだった。


(売り言葉に買い言葉だったな……)

バタバタと、どこかで雨の落ちる音がする。

山道を歩き始めてはや数十分、柚希は早々に後悔していた。

神社を出た時点で再びぱらぱらと降り出した雨は、柚希たちが山に入るのを待っていたように勢いを増し、今や頭上に広がる木々の間を滴って容赦なく柚希たちに降りかかる。月も出ていない上に外灯すらない山道は真っ暗で、一応懐中電灯は持ってきたが、そんな小さな明かりひとつで歩くのはいかにも心許なかった。

舗装もされていないぬかるんだ山道に、ときどき柚希のヒールがめり込む。前を歩く正臣も下駄だからさぞや歩きにくいだろう。お互い頭に血が上っていたとはいえ、山歩きには不向きな格好でこんな場所まで来てしまったことを柚希は悔やんだ。

せめてもの救いは、重たい鞄を神社に置いてきて少しは身軽になっていることだろうか。あんな物を持っていたらここに至るまでに何度か足を滑らせていただろう。

柚希は視線を左に向けて小さく喉を鳴らす。山肌を螺旋《らせん》状に辿るようにして山頂へ向かう山道は、右手側に木の根の蔓延《はびこ》る土壁がそびえ、左手側には太さも高さもバラバラな木が茂っているのだが、そこから数歩歩いた先は急な斜面になっている。こんなところから足を滑らせたら軽い怪我ではすまないだろう。

自業自得とはいえ、勢いだけで山に行こうなんて言い出した自分を呪い、柚希は前を歩く正臣の背中をそっと窺い見る。

神社を出てからというもの正臣はずっとだんまりを決め込んでいるが、やはり怒っているのだろうか。救いを求めて背後の黒兵衛を振り返ってみるが、お手上げといった顔で首を振られてしまった。

正臣に気安く声をかけるのもためらわれ、柚希は小鬼と唐傘小僧がきちんとついてきているか背後を確かめながら無言で歩き続ける。唐傘小僧も小鬼も、単に状況を理解していないだけだろうが、楽し気に山道を歩いているのがささやかながらありがたい。

視線を前に戻し、柚希は雨の染み込んだジャケットの肩口をそっとさすった。

「姫様、体が冷えてしまいましたか？」

黒兵衛は柚希のちょっとした仕草も見逃さない。心配顔で顔の横まで飛んできた黒兵衛に、柚希はしっかりと首を横に振った。

寒いというのとは少し違う。けれど山に入ってからというもの、どうにも背筋がぞくぞくする。厚いジャケットを着ているのに、背中をむき出しにされているようで落ち着かない。

（なんだかこの山の中、気持ち悪い……）

山に潜む生き物すべてが、柚希たちのことを異物と見なし非難の目を向けているようだった。風に震える木の枝の間から、踏みしめる大地の底から、柚希たちをこの場から追い返そうとする意思のようなものが伝わってくる。

「……あまり長居しないほうがよさそうな場所ですな」

黒兵衛も同じ気分を味わっているのか、居心地悪そうに肩を竦めて飛んでいる。そうだね、と柚希が小声で答えると、その声が聞こえたのか正臣が肩越しにちらりと柚希を振り返った。

神社を出て以来、久方ぶりに二人の視線が交差する。だがそれは一瞬のことで、正臣はすぐ前に顔を戻してしまった。

暗い山道を歩く間に、柚希も大分冷静さを取り戻している。自分の発言の非礼さも自覚できるようになった今、正臣の沈黙は心底柚希を居《い》た堪《たま》れない気分にさせる。嫌みでもなんでもいいから言って欲しいくらいだと思っていると、そんな願いが通じたのか、前を向いたまま正臣がぽつりと呟いた。

「……柚希さんは、妖怪が見えるんでしたね」

振り返らない背中に向かって、柚希はしっかり「見えます」と答える。

正臣は再び短く沈黙した後、「いますか」と前方の山道を懐中電灯でぐるりと照らした。

懐中電灯の細い光だけでは払い切れない木々の向こうの闇に目を向け、いえ、と柚希は首を横に振る。

「いません。今のところは」

「……そうですか」

柚希の言葉に納得したのか、再び正臣は歩き出す。だが、数歩も歩かないうちにまた、「いますか」と前方を懐中電灯で照らしてきて、柚希はもう一度首を横に振った。

それからというもの、神社を出てから黙りこくっていたのが嘘のように正臣は「いますか」と頻繁に柚希に確認を求めるようになった。

さすがに回数が多すぎるので柚希が不審に思い始めた頃、前を歩いていた正臣が不意に足を滑らせ、懐中電灯の光が大きくぶれた。

「だ、大丈夫ですか！」

慌てて駆け寄った柚希が正臣を助け起こす。やはりこんなぬかるんだ道を下駄で歩くなんて無理があったかとその足元を見た柚希は、予想だにしなかったものを目の当たりにして声を飲んだ。

懐中電灯の放つ頼りない光に照らされた正臣の膝が、ネジの緩んだ踏み台のようにガクガクと震えていた。長く山道を歩いていたから、という言葉では説明のつかないその震え方に、思わず柚希は正臣の顔を覗き込もうとする。そのときだった。

「ひ、姫様！　前、前を！」

黒兵衛の慌てふためいた声が山中に響き渡り、柚希はハッとして前方に視線を戻す。目の前には相変わらず足場の悪い獣道が続いている。右手はほぼ垂直な天然の土壁、左手には鬱蒼と茂る木々、その数歩先には急斜面。

黒兵衛が何を発見したのかとっさにはわからず目まぐるしく視線を動かしていると、前方に生い茂る木々の間をスゥッと小さな明かりが飛んでいくのが見えた。

青白くちらちらと光るそれは木々の間を見え隠れしながら、だんだんとこちらに近づいてくる。目を凝らしてみるが人工的な光ではない。炎だ、と柚希が見当をつけるころには正臣もその光に気づいたようだ。

「柚希さん、あれは！」

木々の向こうを飛んでいく炎に正臣が懐中電灯の光を当てる。妖怪の姿は見えなくても、怪異現象を見ることはできるらしい。

「や、山火事!?」

「違います！　多分狐火です！」

見当違いなことを口走る正臣を鋭く訂正すると、その言葉に応えるようにテニスボールほどの大きさだった炎が一気にバスケットボール並みに大きくなった。暗闇に慣れた目には眩しいくらいの光に驚いたのか、黒兵衛がギャッと情けない声を上げる。

「ひひひ、姫様！　やっぱり、やっぱり怒ってますよ！」

「何が！　この山に棲む狐!?　私たちが勝手に山に入ったから怒ってるとでも言うの！」

「ゆ、柚希さん、一体何と話してるんですか！」

黒兵衛の姿はおろか声も聞こえない正臣が勢いよく柚希を振り返る。その声は黒兵衛に負けず劣らず震えていて、しかも顔面蒼白だ。

このときばかりは柚希も目の前の狐火のことを頭の外に追いやって、まじまじと正臣の顔を見返してしまった。

「もしかして貴方……怖いんですか？」

神主のくせに？　これまでも散々妖怪のお祓いをしてきたくせに？　とうっかり続けてしまいそうになった柚希から、正臣はぎくしゃくとした仕草で目を逸らす。

「ま、まさか……怖いなんて」

正臣の言葉が終わらぬうちに、いきなり前方からガサガサッ！　と下草を掻き分ける音が近づいてきた。それまでふわふわと左右に揺らいでいた火の玉が、唐突に目的を発見した様子でこちらに向かって飛んでくる。

「うわあぁぁっ！」

急接近してきた火の玉より、耳元で上がった絶叫に柚希は飛び上がった。確認するまでもなく声の主は正臣だ。大仰に鼓膜《こまく》を震わせた悲鳴に身が竦んだその隙に、火の玉は木々の間を縫ってとんでもないスピードで柚希たちに近づいてくる。

ドッジボールで火をつけた球を全力投球された気分だった。しかもその球筋は、明らかに自分たちを狙っている。

半ば呆然と、これは攻撃だ、と柚希は思った。

この山に棲む妖怪が、自分たちを狙って攻撃を仕掛けてきている。

青白く燃える炎から明確な敵意を感じとり、柚希は硬直して動けない。その間もどんどん火の玉は近づいて、肌にその熱さえも伝わってきたとき、唐突に柚希と正臣の眼前に壁が広がった。

壁を透かした向こう側で目も眩むような火の手が上がる。

あまりの眩しさに柚希は思わず目を眇める。壁と思ったのは傘を広げた唐傘小僧だ。自分たちを火の玉から庇ってくれたのだと理解するより先に前方から凄まじい熱風が吹きつけ、体が後ろに吹き飛ばされた。実際には二、三歩後ろによろけただけだったが、踵の高いヒールを履いていた柚希はぬかるみに足をとられその場に尻餅をつく。とっさに片手を地面につくと、ズルッとその手が真下に滑り落ちた。

(下……?!)

　地面に手をついたはずなのにどうして下に手が落ちる、と思った刹那、体が斜めに傾いた。斜面、と遅ればせながら柚希は思い至る。先ほどから左手側に広がる山の急斜面には散々気をつけていたはずなのに、いつの間に自分は道から外れていたのだろう。

　視界が回る。だが暗い山の中ではどちらが地面でどちらが空なのかもわからない。ただ闇雲に手を伸ばすと、指先に何かが触れた。

「柚希さんっ！」

　どこかから正臣の声。出所を確認する暇もなく触れた何かをとっさに握り締めると、手の中のものも柚希の指先を強く握り返してきた。だがそれは、落ちていく柚希の体をその場に繋ぎ止めるには至らない。

　とっさに摑んだ何かを握りしめたまま、柚希は背中から斜面を滑り落ちていく。

　体が地面にぶつかって跳ね返る。痛みはない。ただ衝撃に息が止まる。陸地にいるのに夜の海に放り込まれて上下の区別なく波に揉まれている気分だ。溺れたかのように、息ができない。

　最後にドッと肩から地面に倒れ込み、ようやく斜面を滑り落ちていた体が止まった。

　柚希は横ざまに倒れたきり、しばらく身じろぎひとつできなかった。強張った指先はまだ何かを握りしめている。その何かがサッと手元を離れ、柚希の肩を揺さぶった。

「柚希さん！　大丈夫ですか！　しっかりしてください！」

夜の山に切迫した正臣の声がこだまする。大きく目を見開いていたものの何も瞳に映していなかった柚希は、その声で我に返って何度か目を瞬かせた。

地面に倒れ込む柚希の傍らには、一緒に山の斜面を滑り落ちてきたのだろう懐中電灯が転がっている。その光の中、正臣が強張った顔で柚希を見ていた。眼鏡は半分ずり落ち、頬を泥で汚しながら、柚希さん、と何度も柚希の名を繰り返す。

柚希は無自覚に止めていた息を鋭く吐き出す。途端に体中に鈍い痛みが走ったが、それを無視してゆっくりと地面に手をつき体を起こした。

「大丈夫ですか！　どこか怪我は？」

正臣に勢い込んで尋ねられ、柚希は現実感の乏しい気分で自分の掌を見下ろした。

「いえ……どこも血は出ていないようですし。痛いは痛いですが、動けないほどではなさそうです」

柚希は確かめるように自分の腕や足をさする。斜面を滑り落ちる途中でどこかに打ちつけたのか体中がずきずきと痛むが、骨が折れている様子はない。

柚希の返答に、正臣は心底ホッとした表情で肩を落とした。正臣も頬や着物を泥で汚しているものの出血などはなさそうだ。

「……私たち、落ちたんでしょうか」

力なく呟いて、柚希は傍らの斜面を見上げた。だが視線の先には夜空も見えないほどの密度で木々の枝が広がって、柚希たちが足を踏み外した山道は見えそうもない。

「多分、そんなに高い場所から落ちたわけでもないと思うのですが……」

正臣も一緒に斜面を見上げる。

大怪我をすることなく下まで転がり落ちたことを考えれば山道からここまでさほど距離もないのだろうが、問題は高さよりも斜面の角度だ。この急斜面を、片やハイヒール、片や下駄を履いた二人が上りきるのは容易なことではないと悟るのはたやすく、しばし黙り込む。

そういえば、と地面に座り込んだ柚希はぼんやりと思う。

（落ちる直前に摑んだのって、この人の手だったんだな……）

おそらく斜面を転げ落ちそうになった柚希に正臣が手を伸ばし、柚希もとっさにそれを摑んだものの、転がる勢いに負け正臣ともども斜面から落ちてしまったのだろう。

斜面の下に引きずり込まれる直前、怯んで手を離してしまっても不思議ではなかったのに、正臣の指は逆にしっかりと柚希の手を握りしめた。

急に正臣に強く手を握られた感触が蘇り、冷たい地面に触れていた柚希の指先がピクリと動く。礼を言うべきだろうかと遅まきに考え、でもタイミングがわからず曖昧に唇を動かしたとき、頭上を覆う木々の間にフッと青白い光が過った。

瞬間、柚希と正臣の体がぎくりと強張る。今のはもしや、山道で自分たちを襲ってきた狐火ではあるまいか。

「ゆゆゆ、柚希さん、あれ！」

「わ、わかってます、わかってますから静かに！」

「ぼ、僕たちを捜してるんでしょうか？」

「とりあえず、懐中電灯を消してください！」

「でもそうしたら何も見えなくなるんじゃ」

頭上を漂う狐火から目を逸らせないまま、正臣が地面に指を這わせ懐中電灯を手元に引き寄せる。明かりをつけていればそれを目印に狐火に発見される。だが明かりを消せばすべてを飲み込む闇が襲いかかってくる。懐中電灯のスイッチに触れた正臣の指先はガチガチに震えていて、柚希はその上に指を添え無理やり電灯を消した。

途端に息を飲むほど濃密な闇が二人を圧迫して、どちらからともなく小さな悲鳴が上がった。頭上ではまだ狐火が飛び回っている。闇の恐怖に負け再び明かりを灯したくなる衝動と柚希が必死で戦っていると、暗がりからようやく聞き慣れた声が響いてきた。

「姫様！　姫様こちらです！　こちらに隠れ場所がございます！」

「黒兵衛！　どこ!?」

返事より早く羽音が近づき、柚希のジャケットの裾がグッと引っ張られた。その動きに促されるまま立ち上がると、黒兵衛の声など聞こえなかったのだろう正臣がうろたえたような声を上げた。柚希は励ますつもりで懐中電灯を持ったその手を摑んで引っ張り起こす。

黒兵衛の姿も確認できない暗闇の中、腕を引かれる感触だけを頼りに柚希は足早に歩く。

手首を摑まれた正臣も必死でついてきているようだ。

「姫様、頭を低くしてください、入口が狭くなっております」

頷いて、柚希は同じ言葉を正臣にも伝える。手を伸ばすと前方に土壁のようなものがあった。手探りで入口を探し、身を屈めてその奥へ体を滑り込ませる。

「ここならもう明かりをつけても大丈夫ですぞ」

急に黒兵衛の声が反響して、雨音が遠ざかった。狐火に見つかるのではないかという不安もあったが、こう暗くてはさっぱり状況が摑めない。正臣に懐中電灯をつけるよう促すと、やはり迷うような間の後、かちりと小さな音がして辺りを光が包んだ。

眩しさに目を細めてから辺りを見回す。そこは山の斜面を横に掘り進めたような小さな洞穴だった。大人が立ち上がってもまだ少し余裕があるくらいに天井は高く、奥行きにもかなりゆとりがある。むき出しの土はしっかりと踏み固められ、もしかするとかつては防空壕のようなものとして使われていたのかもしれない。

振り返って穴の入口を見ると、そこには傘を広げた唐傘小僧が狭い入口を覆うように鎮座していた。これなら外に明かりが漏れる心配はなさそうだ。

洞穴には黒兵衛と小鬼の姿もあった。明かりもある。雨も凌《しの》げる。ホッとして柚希がその場に膝をつくと、タイミングを合わせたように傍らに正臣もしゃがみ込んだ。

期せずして目線が同じ高さになる。

正臣は泥で汚れた頬を蒼白にして、もはや表情を取り繕《つくろ》う余裕もないのか虚《うつ》ろな目で柚希を睨んだ。

「……やっぱり、妖怪なんて恐ろしいものじゃありませんか」

柚希も精根《せいこん》尽き果て地面に両手をつき、覇気のない声で言い返す。

「私たちが不用意に刺激したからですよ」

「刺激……しましたか？」

「懐中電灯の光に驚いたのかもしれません」

反論してみたものの、柚希も己の言葉が説得力に欠けることは重々承知している。

突然山に入ってきた人間に驚いて攻撃してきた、なんて生易しいものではない。狐火からは明らかな敵意が感じられた。あれは山を出ていくよう促す警告ですらなく、山に入ってきた者を排除すべく問答無用に攻撃する炎だ。

じわじわと、胸に動揺が広がる。あんなにも一方的に妖怪に攻撃されるなんて生まれて初めてだ。子供の時分に妖怪とケンカをしたことはあっても、せいぜい口ゲンカ止まりであんなふうに実力行使されたことは一度もなかった。

事ここにきて、ようやく柚希は正臣の言葉を肯定せざるを得なくなった。

妖怪はときとして、人に害を加えることもある。これまで出会ってきた妖怪たちは皆柚希に対して好意的だったが、例外も確かに存在するのだ。

とはいえそれ以上言葉を交わす気力もなく、二人は各々湿った土壁に背中をつけ、とりあえず体力の回復に努めた。

「姫様、姫様、どこかお怪我はありませんでしたか？　私がついていながらこのような危ない目に遭わせてしまい、先代様にも合わせる顔がございません……」

山の斜面から転げ落ちたせいで服や顔を泥で汚した柚希の周りを、黒兵衛が心配顔で飛び回る。その後ろを状況がまるでわかっていない様子の小鬼が笑顔で追いかけ、とりあえず落ち着きなさいと目顔で諌《いさ》めて柚希はジャケットの内ポケットから携帯電話を取り出した。

こんな街中の山で遭難なんて後々まで笑い種《ぐさ》になりそうだが、最悪救助を呼ぶしかないとディスプレイを覗き込む。しかし画面には無情にも『圏外』の文字が表示されており、柚希は項《うな》垂《だ》れて携帯をポケットに戻した。

「……ここ、山のどの辺りなんでしょうね」

力ない柚希の言葉に、向かいに座っていた正臣が顔を上げる。地面に足を投げ出した正臣は、緩慢な動作で腕を組むと首を傾げた。

「山の中腹よりは下……といったところでしょうか。このまま斜面を下りていけばいずれは車道に出られるかもしれませんが、夜で足元が見えない上にぬかるんでいて危険です」

「下手に歩き回るとまた狐火に見つかる可能性もありますしね」

「……夜道より何より、それが一番危険かもしれません」

それならば、おとなしくここで朝が来るのを待つしかないのか。

しかし朝が来たところで狐火が襲ってこないという確証はない。携帯が繋がらないので助けを呼ぶこともできず、雨に濡れた体はだんだん冷えて、今更のように山から転げ落ちたときに打ちつけた場所が痛み始めた。

無事戻れるのだろうかと、言葉にしなくてもお互いが思っていることがわかった。重苦しい沈黙が二人を押し潰し、息が詰まりそうになったとき、俯いた柚希の顔を小鬼がひょっこりと覗き込んできた。

こんなときでも蒲鉾をひっくり返したような口元で笑っている小鬼が、元気よく右手を天に突き上げる。何かを訴えているらしいその表情を見て、柚希は傍らの黒兵衛に通訳を求めた。黒兵衛は小鬼の顔を眺め、ほお、とくちばしを軽く開く。

「自分が麓《ふもと》まで助けを呼びに行く、と申しておりますな」

「小鬼が？　たったひとりで？」

視線を戻すと、小鬼はつぶらな瞳で柚希を見上げて自信たっぷりに頷いてみせた。

柚希は眉根を寄せて考え込む。片腕で抱き上げられるぬいぐるみサイズの小鬼にそんな大役を任せるのはさすがに不安だ。

しかし今は他に下界の人々と連絡をとる手段がない。小鬼が無事自宅に戻れば、その姿を見た柚希の父が事態を察してくれる可能性もある。かなり望みは薄い気もするが、何もせずこの場に座り込んでいるよりはマシかもしれない。

本来ならば黒兵衛を行かせたほうが確実だろうが、この面子の中で一番冷静に事態に対処できそうな黒兵衛を行かせてしまうのは抵抗があった。唐傘小僧がいないと明かりが使えなくなってしまうし、結局今動けるのは小鬼しかいない。

悩んだ挙句、柚希は苦しい声で判断を下した。

「……わかった、小鬼に行ってもらう」

事の重大さをわかっているのかいないのか——恐らくわかっていないだろう笑顔で小鬼がぴょこんと飛び上がる。そして、任せろとばかり大きく胸を叩くと、真っ赤な髪をなびかせ軽快な足取りで洞穴から出ていってしまった。

「無事に山を下りられるかな」

「まあ、ここに来るまでの様子を見た限り山道には慣れていたようですから問題ないのでは？」

だといいけど、と呟いて前を向くと、向かいに座った正臣と目が合った。

一体いつから柚希のことを見ていたのか、正臣は泥の跳ねた眼鏡の奥からこちらを見て動かない。強い視線にうろたえて膝を抱えた柚希に、正臣は抑揚乏しく尋ねた。

「……今の、独り言ではありませんよね？　何かいるんですか？」

正臣の存在など失念して妖怪たちと喋っていた柚希は、今さらごまかすこともできずぎこちなく頷いた。

「うちから連れてきた妖怪がいるんです。入口と、それからここに」

柚希が視線だけで唐傘小僧と黒兵衛を指し示すと、正臣もそちらに目を凝らし、多分何も見えなかったのだろうが露骨に眉をひそめて顔を伏せてしまった。

見たくもない、とでも言いた気なその態度に、柚希はムッと眉を寄せた。

「この場所を見つけてくれたのはうちの妖怪たちです。悪い子たちじゃないんですから、そんなに怖がらないでもらえますか」

嫌みのつもりでつっけんどんに言い放つ。すぐさま、怖がってなんていません、と返されるかと思いきや、正臣は俯いたきり身じろぎもしない。

洞穴の中に再び重苦しい沈黙が訪れる。

こんなときに仲たがいをしている場合ではなかったか、と後悔したのも束の間、正臣は無言で胸に膝を抱き寄せると膝頭に額を押しつけ、くぐもった声で言った。

「……怖いに決まっています」

思いがけず弱々しい声に、柚希はうろたえ言葉が出てこなかった。

　正臣は向かいに座る柚希の反応など端から気にする様子もなく、顔を伏せたまま一気に喋り始めた。

「貴方こそどうして平気なんですか。僕は怖い。怖いに決まってる。祖父が亡くなった晩、山の上に大きな狐の影を見たんです。今思い返しても縮尺がどうかしていると思うくらい大きな狐でした。鋭い牙を剥いて、真っ赤な目をして……本当に、怖かった」

　声の最後は掠れて聞き取りにくかった。それだけに、そこに漂う恐怖が鮮烈に伝わってきて、柚希はようやく正臣の本音に触れた気分になる。

　正臣はいつも熱心に柚希から妖怪を祓おうとしていた。柚希の体に染みついた妖気に敏感に反応し、近づいてくる妖怪たちも気配だけで察して、問答無用で榊の枝を振り上げた。

　てっきり妖怪を憎んでいるから片っ端から祓おうとしているのだと思っていたが、もしかするとそれは思い違いだったのかもしれない。

（本当はこの人、妖怪が怖くて仕方がなかったんじゃ……）

　毅然とした顔で祝詞を上げ大幣を振るいながら、正臣はずっとそこに漂う妖怪の気配に怯えていたのかもしれない。子供が自分を脅かすものに両目を瞑《つむ》ってがむしゃらに突っ込んでいくように、ただ闇雲に腕を振り上げ恐怖の対象を排除しようとしていただけなのではないか。

　今も正臣は膝の間に顔を埋め、なかなかこちらを見ようとしない。祖父を失ったときの恐怖は未だに生々しく胸に残ったままらしく、微かに膝が震えていた。地面に触れた下駄の歯がカタカタと小さく鳴る。

カタカタ、カタカタ、間断《かんだん》なく鳴り続けるそれに耳を傾け、柚希はハタと気がついた。この音に、このリズム。どうにも聞き覚えがある。

(……拝殿で、お祓いをしてもらうとき?)

これまで四回ほど正臣に施してもらった祓いの儀式。その冒頭で、必ずこの音がしなかったか。ギシギシと床が軋み、正臣の前に置かれた祭壇がカタカタと揺れる。何か神聖な力が働いているのだとばかり思っていたが。

(足が震えてたってこと?)

俄かには信じられなかったが、こうして震える膝を抱え込む正臣を見ているともはや否定もできない。

きっと正臣は、狭い拝殿内で妖怪と対峙しなければいけないことも、妖怪の気配に背を向けて祓いの儀を行うことも、本当は心底怖かったのだ。それでも膝の震えを抑え込み、必死で柚希に憑いた妖怪を祓おうとしてくれていた。柚希のほうから頼んだわけでもないのに、根気強く熱心に。

本気で心配してくれていたんだなと、今になって柚希は実感する。とはいえ今さらありがとうございますと言うのも、騙していてごめんなさいと口にするのも場違いで、柚希は不器用に唇を上下させた。

　せめてこの狭い場所で妖怪と一緒にいることに正臣が怯えないですめばと、先ほどよりもずっと抑えた声で柚希は呟いた。

「……でも、本当に心根の優しい妖怪もいるんです」

　正臣の肩先が震える。顔こそ上げなかったがきちんと耳はこちらに向けられているのを確認して、柚希はぽつりぽつりと語り始めた。

「そもそも妖怪は、すべて人間が生み出すものなんです。世の中にある、ちょっと説明のつかない不可思議な現象に人間が勝手に名前をつけたり、姿を与えたりすることで妖怪は生まれます」

　わずかだが、正臣の顔が上がった気がした。柚希は正臣にこちらを見るよう強要することはせず、いつか祖父から教わったことをできるだけ正確に伝えようとする。

「最近になって科学の力で解明された怪現象もあるでしょう。たとえば、狸囃子《たぬきばやし》とか。どこからともなくお囃子の音が聞こえてきて、音の出所を探すけれどどうしても見つからない。昔の人はそれを妖怪の仕業だと言っていたけれど、実際は山の向こうから聞こえてくる祭りの音が、風に乗ったり山に反響したりして奇妙に響いてくるだけの現象です。だからそれは妖怪のせいじゃない、妖怪なんていないって言う人もいるけど、そうじゃないんです。不思議な音を聞いて、それを妖怪のせいだって人間が口にしたことで、初めてその妖怪は生まれるんです。そうしていつまでも、その現象が科学的に解明された後も、どこからともなくお囃子の音を響かせる妖怪として存在し続けるんです」

喋っているうちにだんだんと正臣の顔が持ち上がってきた。

ようやく腕の縁から目を覗かせた正臣に視線を据え、柚希は続ける。

「妖怪を生み出すのは、人間です。妖怪自体には悪意なんてありません。もしも人に害を与えているように見えたのなら、嵐とか日照りとか、元から人間にとって不都合な現象を人が妖怪に見立てたからそう見えるだけです」

彼らは人間を苦しめるつもりなど欠片《かけら》もない。ただそういうふうに振る舞うことしかできないだけで、本当は人と寄り添おうとしている。

それから、と柚希は多少口ごもってから続けた。もしかすると正臣を落胆させてしまうかもしれないけれど、黙っているのも憚られる。

「妖怪は簡単に生まれます。昔に限らず今も、子供の想像ひとつで生まれてしまうこともよくあるんです。だから、すべての妖怪を消滅させるなんて不可能です」

「……それ、本当ですか」

とうとう黙っていられなくなったのか、正臣が掠れた声を上げる。柚希の言葉が本当なら、妖怪を根絶しようと奔走していた正臣の努力は水の泡だ。

頷いたら正臣がその場に崩れ落ちてしまいそうで、柚希は別の言葉を口にした。

「正臣さんだって、同じことをしています。世にいう幽霊も妖怪と同じように誰かに呼ばれて実体化するんです。……神社の境内に、お祖父さん、いましたよ」

それまで丸まっていた正臣の背中が急に伸びた。勢いよく体を起こした正臣に、柚希は微かな笑みを向ける。

「神主さんの格好をしていました。髪の毛は真っ白で、今どき珍しい丸い眼鏡をかけてるんですね。紫陽花の花の陰で笑ってました。きっと、今も貴方が名前を呼んでいるからでしょう」

思い当たる節があったのか、正臣が小さく息を飲む。口元に手を当て、柚希の言葉の真偽を量りかねた様子でうろうろと視線をさまよわせていたが、ふいにぴたりと動きが止まった。次いで何かに思い至った顔になり、勢いよく口を開く。

「だったら、こんなふうに山に入らず境内にいた祖父に聞いてみればよかったじゃないですか！　あの嵐の晩何があったのか」

「それは無理です」

なぜだとばかり正臣の眉間に深いシワが寄る。柚希にとってはもはや不思議でもなんでもないことだが、妖怪にも幽霊にも縁遠い人には、やはりわかりにくいことなのだろうと、柚希は考え考え言葉を繋いだ。

「あれは、陽炎のようなものなんです。幽霊は、生きている人間が何度も故人を思い出して名前を呼ぶことによって生まれます。そこに故人の生前の意思や記憶は反映されません。妖怪と違って人格もなくて、ただそこにいるだけです」

おそらく妖怪は、人間が見た目や性格を事細かに想像することによって個々の性格や意思が生まれるのだろうが、幽霊は生者が懐かしさや淋しさに駆られてその輪郭を辿るだけだからか意思が弱く、立体映像のようにただそこに存在するだけのことが多い。

悪霊や地縛霊と呼ばれるものも同様だ。事故で亡くなった者に対して生きている人々が勝手に「浮かばれない」「成仏できない」などと囁き合うから、噂通りにそういう形の影ができてしまう。悪霊とは呼ばれてもそれ自体に悪意はないので、せいぜい噂に沿う形で動いて人を驚かせたりする程度だ。

正臣は柚希の言葉に耳を傾け、自分の中でじっくりと咀嚼するようにしばらく黙り込んで動かなかった。

穴の外ではまだ雨が降り続き、雨粒が木々を打つ音や、低く水の流れる音がする。どこかに沢でもあるのかもしれない。

柚希は正臣が納得するまで無言で待った。岩に水が染み込むように、自分の言葉が正臣の心にも染み込んでいけばいいと思いながら。

しばらくして、正臣が伏し目がちに呟いた。

「……妖怪を生み出すのは人間で、端から人に悪意を持っている妖怪など存在しない。それが本当だったとしても、後々人間に悪意を抱くようになる妖怪だっているはずですよね？」

柚希は口を開きかけ、けれど結局何も言えずに再び閉じる。正臣は柚希の答えを待たず、柚希を責めるというより事実を確認する調子で続けた。

「現にさっきの狐は、僕たちを襲ってきた……」

「それは……そうですが。でもきっと、それにも何か理由があるんだと思います」

「たとえば？」

間髪容れずに尋ねられ柚希は口ごもる。

正臣はもう柚希を言い負かそうとはしていない。ただ純粋に、不思議に感じたことを尋ねているだけのようだ。けれど柚希にだって確かなことがわかるわけではない。妖怪に悪意をぶつけられたことからして今回が初めてだったのだから。

結局、わかりません、と首を振るしかなかった柚希だが、それまで柚希の隣で黙って二人のやり取りを聞いていた黒兵衛がぽつりと漏らした言葉に目を瞠った。

「私には、あの狐が人間を憎む理由がわかる気がします」

幼い頃からずっと家族同然に暮らしてきた黒兵衛の思わぬ発言に柚希は硬直する。異変に気づいた正臣が何事かと目顔で尋ねてきて、柚希はまだ動揺から立ち直れないまま黒兵衛の言葉を繰り返した。

柚希の視線の先を追って、正臣も黒兵衛の座っている辺りに視線を止める。柚希も黒兵衛の横顔を見詰めるが、黒兵衛はなかなかそれ以上言葉を接ごうとはしない。カラスの顔をした黒兵衛は元から人間より感情が表に出にくいが、それでもこんなにも何を考えているのかわからないのは初めてだと、焦れた気分で柚希は強く膝を抱え込んだ。

「……貴方も、人間を憎んだことがあるんですか？」

柚希の表情から黒兵衛が黙り込んでしまったことを察したのか、見えないながらも黒兵衛のいるほうへ視線を向けて正臣が尋ねる。

黒兵衛はぱちりと小さく瞬きをすると、そうですな、としゃがれた声で答えた。

「私自身が人を憎んだことはありません。ですが、憎みたくなる気持ちならわかります。人は勝手に私たち妖怪を生み出しておいて、簡単に私たちを忘れる」

そこでいったん黒兵衛の言葉が途切れたので、柚希は小声で正臣にその内容を伝える。

正臣は黙ってそれに耳を傾け、真剣な顔で頷いた。

「人に忘れられた妖怪はもう誰からも名を呼ばれません。そうなったらその妖怪は、この世界から消えるしかないのです。消えてしまうのは嫌だから必死で思い出してもらおうとしても、昨今ではまず我々妖怪に気づいてくれる者のほうが少ない。だから少しでも存在を主張しようと大げさに暴れると、今度は祟りだなんだといって祓われてしまう」

ところどころで途切れる黒兵衛の言葉を正臣に伝えながら、柚希は道端ですれ違う妖怪たちの姿を思い出す。妖怪たちは皆柚希と目が合うと嬉し気な顔で駆け寄ってきたものだが、あれはきっと雪山の遭難者が救助隊に出会ったときのようなものだったのだ。

自分の姿の見える人間に巡り会えるということは、消滅の危機にある妖怪たちにとって本当にありがたいことなのだろう。人に名前を与えられることでこの世に生まれる妖怪たちは、人の口の端に上らなくなった途端風化するようにゆっくりと消えていってしまうのだから。

柚希は隣に座る黒兵衛と、洞穴から明かりが漏れないよう傘を広げて入口をふさいでいる唐傘小僧に目を向ける。彼らも山城家にやってくるまでは、己の名を呼んでくれる人間を必死で探していたのかもしれない。目の前を素通りしていく人間に向かって、何度「思い出して」と声を張り上げたことだろう。

黒兵衛の潤みを帯びた漆黒の目が、懐中電灯の光を受けてゆらりと揺れる。

「人に忘れられてしまった妖怪は、とても淋しいものなのですよ」

感情の波立ちを感じさせない静かな黒兵衛の声が、湿った洞穴の隅々に響き渡って消えていく。その言葉を正臣に伝えるため自分の口で繰り返しながら、聞き覚えのある台詞だ、と柚希は思った。

人に忘れられてしまった妖怪は淋しい。どこで聞いたのだろうと記憶をまさぐり、つい最近見た夢の中だと思い出す。頭を撫でるシワだらけの手と、温かく細められた優しい目元。あれは祖父の言葉だったか。

気がつけば、洞穴の中は不思議な静けさに満ちていた。正臣も黒兵衛の言葉に何か思うところでもあったのか、神妙な顔つきになって黙り込んだままだ。

沈黙に気づいたのか、黒兵衛は慌ててこうつけ足す。

「いえ、少々格好をつけてしまいましたが、今の言葉はただの受け売りでして」

誰の、と問えば、「姫様の曾お爺様の」と照れたような笑顔が帰ってきた。柚希の曾祖父というと、事あるごとに道端で妖怪を拾って柚希の家を妖怪屋敷にしてしまった張本人だ。一度は頷いたものの、微かな違和感が胸を掠めて柚希は目を瞬かせる。

「曾お爺ちゃんがそう言ってたの？　お爺ちゃんじゃなくて？」

「ええ、曾お爺様も人からの受け売りだとおっしゃっていました。相手は年端《としは》もゆかぬ少年だったそうですが、随分胸に応えたと」

そう、と低く呟いて柚希は膝を抱え込む。そのセリフは確かに曾祖父が口にしたものかもしれないが、黒兵衛自身そう思ったことはないのだろうか。

隣に座る黒兵衛に、本当に一度も人間を憎んだことはなかった？　と聞きたかった。ありませんよ、と笑って答えてくれるのがわかっていても聞きたかった。半面、わかっていたから聞けなかった。

本当に？　と何度でも繰り返し尋ねてしまうだろう自分も、柚希が納得するまで弱り顔で頷き続けるだろう黒兵衛の姿も、容易に想像できてしまったからだ。

雨が木々を叩く音がする。

心なしか、時間が経つにつれ雨音が大きくなってきた気がする。どこかで流れる沢の音もはっきりしてきた。荒々しい水の勢いさえ伝わってきそうなその音は、薄暗い洞穴の中で不穏な響きを伴って低く流れ続けている。

柚希は腕時計に視線を落とす。小鬼がここを出てからすでに二時間近く経っていた。大分夜も更けてきて、家族もそろそろ心配し始める頃だろう。

往生際悪く携帯電話を確認してみるがやはり圏外で、柚希は溜息と共に携帯をジャケットの内ポケットに押し込んだ。

「……祠」

柚希の溜息が消えぬうちに、向かいに座っていた正臣がぽつりと呟いた。

随分前から俯いて膝を抱えたきり動かなくなっていたので、もしや眠っているのではないかと怪しんでいたのだが、しっかり起きていたらしい。

祠？　と柚希が繰り返すと、顔を上げた正臣は硬い表情で頷いた。

「嵐の晩、山へ入っていく祖父がうわごとのように繰り返していたんです。祠、祠って。家族の誰もなんのことだかわからなかったのですが、もしも祖父が狐に操られて山に入っていったのだとしたら……この山に棲む狐にとって、祠はよほど重要なものなのかもしれません」

長いことそのことについて考えていたのか、地面の一点を見詰め正臣は喋り続ける。

「その祠を壊すことができたら、狐もおとなしくなるんじゃないでしょうか」

「壊すんですか？　祠を？」

それで何か起こるのだと柚希が首を傾げると、正臣は難しい顔で唇に指を添えた。

「これは僕の想像ですが……依《よ》り代《しろ》という言葉を知っていますか？　神霊が宿る物をさすのですが、この山の狐の依り代はその祠なんじゃないかと思ったんです。展望台の建設が決まって山に人が入り始めた途端事故が相次いだのも、嵐の晩に祖父を山に招き入れたのも、すべて自分の依り代となる祠を守るためだったんじゃないかと」

「だったらその依り代がなくなれば、狐もいなくなると？」

「可能性はあります。その後になんとか山を下りたほうが賢明な気がするんです。いくら足元が悪くても、明かりもありますし、さほど高い山じゃありません。きっとあと少し歩けば車道に出られると思います」

狐火に警戒しながら夜の山道を歩くのはさすがに危険だが、狐の脅威がなければなんとかなるのではないか、ということらしい。

どう思う、と黒兵衛を見下ろすと、曖昧な首肯が返ってきた。

「付喪神のような妖怪なら、そういうこともあり得るかもしれません。その狐もよほど祠に執着があれば何某《なにがし》かのダメージを与えられるかもしれませんが、これぱかりは正直やってみないことにはなんとも……」

黒兵衛の言葉を正確に伝えると、正臣は十分だと頷いて立ち上がった。

「多少なりとも可能性があるのなら、やってみましょう。こうしてただ待っているよりずっと建設的です」

正臣に続いて柚希も立ち上がろうとすると、慌てたように正臣に止められた。

「柚希さんはここで待っていてください。何かあったら危ないですから」

すでに腰を浮かせかけていた柚希は、ちょっとした衝撃に軽く目を瞬かせた。

昔から、柚希は人に頼られることが多い。何か問題が起きたときは皆に背中を押されて前線に立たされ、しかもなんだかんだと毎回問題を収めてしまう。ともすれば他人に任せておくより自分で処理したほうが早いと、自ら率先して矢面に立ってしまうくらいだ。

小学生の頃、キャンプ場で蛇が出たと言って柚希を藪《やぶ》の前に押し出した男子生徒や、職場で客のクレームに対処しきれず柚希に泣きついてきた男性社員を思い出し、こういう反応は初めてだな、と柚希は思う。

特に今回など、正臣は立ち向かうべき妖怪の姿が見えないのだ。絶対に柚希を連れていったほうがいいに決まっているのに。

（まともに女性扱いされたのって初めてな気がする……）

思い返せば学生時代も同級生や先輩から、異性というより同志と見なされることのほうが多かった柚希だ。職場の男性職員は線の細い者が多く、たくましい女性客に対応しきれず柚希の背中に隠れることも少なくない。

正臣とて筋骨隆々というタイプではなく、どちらかといえば眼鏡をかけたインテリふうの優男《やさおとこ》なのだが、その気骨は買った、と柚希は唇を左右に引き伸ばした。

「妖怪も見えない人をひとりで行かせるわけにはいきませんね」

「し、しかしですね……」

「それに、ひとりでこんな場所に取り残されるのも不安です」

実際には黒兵衛も唐傘小僧もいるのでここに残ることに抵抗はなかったが、正臣は生真面目に柚希の言葉を反芻し、でも、とか、確かに、とかひとり問答を始めてしまった。

「いいからほら、行きましょう」

悩み始めた正臣を残して洞穴を出ようとすると、サッと正臣が柚希の前に立った。

「だったら、せめて後ろにいてください。何が起こるかわかりませんから」

正臣は身を屈めて柚希より先に洞穴を出ていく。入口をふさいでいた唐傘小僧に気づかず、うっかり下駄の先でその足を踏みそうになりながら。

妖怪が怖いくせにごく当たり前に柚希を背後に庇おうとする正臣の背中を見送って、柚希は、うん、と頷いた。

（悪くない）

正臣の顔の端整さを確認したときより、横抱きに抱き上げられたときより強く、むしろ今初めてそのことを悟った気分で柚希も穴の外へ出た。

一方の正臣はよもやこんな状況で自分が男としての真価を問われているなどとはつゆ知らず、洞穴の外で額の上に手をかざして空を見ていた。

やはり山へ入ったときより雨脚は強まっているようで、頭上を覆う木々もすでに傘の役割を果たしていなかった。あっという間に冷たい雨が肩を濡らし、眉をひそめて空を見上げていた正臣が、ふいに、おや、と眉根を開いた。

「雨音はするのに……急に雨が当たらなくなった気がしませんか？」

不思議そうな顔をする正臣に、柚希は当然とばかり頷いてみせる。

「傘を差してますから」

「傘？　誰が、です？」

私が、と答えて柚希は右手を突き出すが、正臣の目に柚希の持つ傘は映らない。柚希が手にしているのは普通の傘ではなく、妖怪「唐傘小僧」なのだから当然だ。

しばらくして傘の正体に気づいた正臣は、その下から逃げ出すことこそしなかったものの隠しようもなく顔を引き攣らせ、自然、柚希は不服顔になる。

（すね毛の生えたオッサンの足を持ってる私の身にもなって欲しいんだけど）

柚希の表情の変化に気づいたのか、正臣は慌てて柚希に頭を下げる。

「いえ、雨が防げるのはありがたいです。ありがとうございます」

そう言いつつも柚希が唐傘小僧の足を持つ右手とは逆側にさりげなく立つ辺り、本当に妖怪が怖いのだろう。一方で先ほど自分たちを襲ってきた狐火のことを思い出した柚希は、ああいうものを子供の頃に見ていたのならそれも仕方ないと肩を竦めるにとどめた。

「それにしても、祠ってどこにあるんでしょうね。山頂にあったりしたらそこに辿り着くのも難しそうですが」

勇んで外へ出たはいいものの、獣道すら見当たらない山の中ではどちらへ歩き出せばいいのかもわからない。正臣も何か当てがあったわけではないようで、そうですね、と力ない返事をするばかりだ。

「狐の気配を追うのが一番手っ取り早いのでは？」

そんな中、光明《こうみょう》を見出してくれたのはやはり黒兵衛だ。

「それほど大切な祠なら、きっと狐は四六時中その祠の側にいるでしょう。狐の気配がより濃密なほうに歩いていけば祠に辿り着けるのではないかと」

「でも、そうしたら狐と鉢合わせしちゃうんじゃない？」

「そうなったら逃げるしかありませんが」

「狐が僕たちを捜しているとしたら、今は祠から離れている可能性もあります」

柚希の通訳を挟んで正臣も会話に参加してきて、とりあえずは狐の気配が強く漂ってくるほうに向かってみることになった。

「気配だけなら僕にも感じることができますから」と正臣が先頭に立って山道を歩きだす。正臣とは違い妖怪の気配を感じることのできない柚希は、前を行く正臣に傘を差しかけながら尋ねた。

「どうですか、ここから近そうですか？」

「そうですね……そう遠くはなさそうです。柚希さん、妖怪は見えるのに気配はわからないんですか？」

「さっぱり。目の前に出てきてくれないとすぐ側にいても気がつかないと思います。むしろ妖怪の気配ってどんなものです？　匂いでもするんですか？」

「いえ、ただ雰囲気で……肌がざわざわするというか……」

「随分と過敏ですなぁ」

柚希の後ろを飛びながら黒兵衛が感心した声を上げる。

「それで数メートルも離れた場所にいる妖怪に気づくのですから大したものです。元々素質もあったのでしょうが、相当の修行を積んだ結果でしょう。数百年前の山伏だって、これほど鋭く神経を研ぎ澄ませることができた者は稀《まれ》でしたぞ」

「……でも、見えないんだよね」

黒兵衛の言葉を正臣に伝えることはせず、柚希は小声で黒兵衛に話しかける。黒兵衛も声を落とし、実に不思議な方です、と頷いた。

「やっぱり、案外近いですね」

前を歩いていた正臣が歩調を速める。雨音に紛れ背後を歩く柚希たちの会話は耳に届いていなかったようだが、二人は慌てて口を噤んだ。

正臣は柚希たちを振り返りもせず、前方の暗がりを懐中電灯で照らした。

「あちらのほうから強く妖怪の気配を感じます」

「……でも、狐火は飛んでいないみたいですね」

「長くそこに留まっていた気配が残っているのかもしれません。狐は別の場所にいるのかも……」

とりあえず行ってみないことには何もわからないようだ。柚希と正臣は顔を見合わせ頷き合い、慎重に懐中電灯の照らすほうに向かった。

濡れた枯草に足を滑らせ、ときおりバタバタッと大きく傘を打つ雨音に身を竦ませて、木の根に足を取られ、鳥の飛び立つ音にびくつき、どのくらい歩いた頃だろう。

あれじゃないですか、と正臣が足を止めた。

闇を切り取る円形の光の中に、小さな祠が浮かび上がる。

長年の風雨に朽《く》ち果て、色を失った木で組まれた祠は小ぢんまりとして、柚希は小学校の片隅に設置されていた百葉箱《ひゃくようばこ》を思い出した。

近づいてみると、祠はかなり古びて今にも崩れてしまいそうだった。造りも簡素だ。土台の上に四方を囲む板を立て、屋根を被せただけの代物で、装飾の類は一切ない。壁となる板の一部に穴が開けられているが、中を覗き込んでみても何かが入っている様子はない。木には雨が染み込み、虫に食われたのか屋根の一部はスカスカで、今日まで崩れなかったのが不思議なくらいだ。

「……で、どうしましょうか？」

なんともおどろおどろしい雰囲気の祠を前に、柚希は手にしているのが唐傘小僧の足だということも失念してギュッとそれを握りしめる。

一応祠を壊すつもりでここまで来たが、実物を目の当たりにすると手を伸ばすことすら躊躇した。いかにも曰くがありそうな祠を壊すなんて、祟られそうで正直怖い。

正臣も同じことを考えているのか、眉根を寄せて祠を見詰めるばかりでなかなか動き出そうとしない。

二人して、身じろぎもせずその場に立ち竦むことしばし。

柚希のヒールが自重に負けて濡れた土に完全に埋まる頃、正臣が雨音にかき消されそうなくらい小さな声で囁いた。

「……祖父は、これを守ろうと山に入ったのでしょうか」

最初から誰かの答えを期待していたわけではなかったのか、正臣の声には独白めいた響きがあった。一歩祠に歩み寄ると、そっと祠の屋根に手を伸ばす。

正臣の指先が屋根に触れようとした、その瞬間だった。

山中の木という木を揺るがすような轟音《ごうおん》が辺りに響き渡り、柚希と正臣はぎょっとして周囲を見回した。

柚希は最初、それがなんの音かわからなかった。巨大な重機がぶつかり合う鈍い金属音のようにも、土砂を押し流す水の怒号のようにも、あるいは天を揺るがす落雷の炸裂音にも聞こえた。轟音は突風を伴い、木々の枝を揺らし、その下の太い幹すら揺さぶって、柚希たちの足元をぐらつかせる。

「な、何！　今の」

「雷でしょうか！」

無自覚に二人して声を張り上げていた。直前に耳を貫いた音が凄まじすぎて、一時的に鼓膜がマヒしていたからだ。相手の声どころか自分の声すらろくに聞こえない。

耳を押さえながら周囲に視線を走らせると、再び轟音が上がった。耳をふさいでいたおかげで今度はなんとか音の出所がわかり、背後の闇を振り返る。正臣も懐中電灯の光をそちらに向けるが、突風にろうそくの火が掻き消されるように突然丸い光が消えた。

「で、電池切れ!?」

「まさか！　一晩はもつはずです！」

慌てた様子で正臣が懐中電灯を振る気配が伝わってくるが、一向に明かりはつかない。

唐突な闇に閉じ込められ、柚希は必死で辺りに目を走らせた。

天地も曖昧になるほど濃密な闇の中、不安に駆られて唐傘小僧の足を両手で握りしめる。体を動かしているわけでもないのに呼吸が荒くなっていた。雨音よりも自分の心臓の音のほうがはっきりと耳を打つ。

からからに乾いた喉を無理やり上下させたとき、遠くにフッと明かりが灯った。

瞬間、車だ、と柚希は思う。

遠くに見える二つの赤い光。あれは車のテールランプだ。きっといつの間にか車道の側まで来ていたのだと柚希はその光に駆け寄ろうとする。ところが、前に数歩足を踏み出したところで後ろから正臣に肩を摑まれ引き戻された。

「なっ何するんです！　車ですよ、あれ」

「違います！　柚希さん、よく見てください」

肩に食い込む正臣の指先が、痛いほど強い。尋常ではないその力に眉を寄せ、柚希も遠くの光に目を凝らした。赤い光はゆらゆらと揺れながら、ゆっくりとこちらに近づいてくる。

（……あれ、車にしては動きがおかしい？）

山道を下ってくるから右左に揺れているのだろうかと思った柚希は、続けてぎくりと体を強張らせた。光は柚希たちの立つ場所よりも高い位置で揺れている。

こんな悪天候の日に、舗装もされていない山の上から車がバックで下りてくる？

車じゃない、と悟った瞬間、豆粒ほどだった赤い光が膨張した。

闇の中で二つの赤い光がぎょろりと動く。それは車のテールランプなどではなく、巨大な生き物の眼球だった。

赤い光を瞳と認識した途端、その周辺の輪郭もいっぺんに鮮明になった。

山中に光源らしいものはなく、距離もかなり離れていたはずなのに、柚希の目にはっきりと映し出されたそれは巨大な白狐の姿だ。

大きさは熊と同等か、もっと大きいか。暗い山の中では遠近感も曖昧でよくわからない。

無意識に柚希が足を一歩後ろに引くと、その動きに反応したように狐がグッと身を低くし、いきなり後ろ脚で力強く大地を蹴った。

加速をすっ飛ばしていきなり最高速度で走り出したとしか思えない勢いで巨大な狐が迫ってきて、柚希は身をかわすことはおろか目を瞑ることもできない。

けれど白狐は真正面から柚希に衝突することはなく、威嚇するようにその傍らを駆け抜けてUターンし、再び斜面の上へと駆け戻っていった。

狐の軌跡をたどるように、周囲に疾風《しっぷう》が巻き起こる。

柚希たちの周りを一周して元の場所に戻る。たったそれだけの行為で、柚希は危うく腰を抜かしそうになった。先ほどより幾分距離を縮めた場所に立つ白狐が、熊どころの騒ぎではなく、街中を走るバスと同等の大きさで柚希たちを見下ろしていることに気づいたからだ。

お世辞にも友好的とはいえない獰猛《どうもう》な赤い目に見下ろされ、柚希は紛れもない恐怖に奥歯を鳴らした。膝から震えが駆け上がってくる。

老齢なのか、狐の白い毛はすっかり艶を失い泥にまみれている。けれど低く唸りながらむき出しにした牙はぞっとするほど鋭く、大地を蹴る脚力にも衰えは見られない。

敵意も露わな巨大狐に見下ろされ、金縛りにあったように動けなくなった柚希を我に返らせたのは、先ほどからずっと柚希の肩を掴んでいた正臣の指先だった。

正臣も恐怖で指先が強張ったのか、肩を掴む指は肌に喰い込むほど強い。その痛みでなんとか動きを取り戻した柚希は、両手で唐傘小僧の足を掴んだまま背後に正臣を庇った。

「さ、ささ、下がってください！　危険です！　見えないかもしれませんが、あそこに、き、狐が！」

「わ――わかってます！　僕にも見えてます！」

再び後ろから肩を引かれ、柚希は正臣の真横まで引き寄せられる。見上げた正臣は確かに白狐のほうを見ているようだ。

「姫様！　あれほど巨大な妖怪ともなれば、そこそこ霊感のある者なら嫌でも目に入ります！」

「そ、そういうもの!?」

実際正臣の視線ははっきりと狐に向けられているし、黒兵衛の言葉に反応する様子は相変わらずないので、突然妖怪が見えるようになったわけでなく目の前の巨大な妖怪にだけピントが合っているのだろう。

「と……っ、とにかく、柚希さんは下がってください！　あんな巨大な妖怪に、近づいてはいけない！」

そう言って正臣は柚希の前に出るが、どうにも足元が覚束《おぼつか》ない。きっと膝ががくがく震えているのだろう。柚希でさえ恐怖を覚えるほど巨大で狂暴な妖怪なのだ。元から妖怪嫌いな正臣はなおさら怖いだろうに、果敢《かかん》にも柚希を背中に庇ってくれる。

「で、でも、いくらなんでもあんな大きな妖怪、どうするつもりですか？」

「もちろん祓い清めます！」

言うが早いか正臣が着物の懐に手を突っ込む。何を出すのかと思えば現れたのは紙袋に入った清めの塩で、そんなのただの荒塩だ、と柚希は絶望的な気分に陥った。

「無理です！　塩でどうにかなる相手とは思えません！」

「だからってこのままじゃ、二人揃って嚙み殺されます！」

白狐の口元から覗く鋭い牙を目の端に捉えながらだと、嚙み殺すという言葉がやけに生々しい。ごくりと生唾《なまつば》を飲んだ柚希を振り返ると、正臣は血の気の引いた顔で、それでもこう叫んだ。

「大丈夫です！　貴方だけは無事この山から脱出させますから！」

正臣の頰は恐怖で引き攣って、声だって情けないくらいに震えている。

けれど、柚希と狐の間に立つ背中は揺るがない。

柚希とさほど背丈も変わらないのに、筋肉質なようにも見えないのに。

こんなにも、他人の背中が大きく見えたのは初めてだった。

「お待ちください！」

塩の入った袋を握りしめた正臣が今まさに狐に向かって足を踏み出そうとしたとき、柚希の顔の横を勢いよく黒兵衛が飛び抜けて狐の前に躍り出た。そして狐の周囲を旋回しつつ、小さな体のどこに忍ばせていたのだと思うほど大きな八つ手の葉を懐から取り出した。

「ここは私にお任せください！　先ほどは後れを取りましたが、今度こそ！」

黒兵衛は八つ手の葉を翼の間に挟んで振り上げる。狐に向かってそれを振り下ろそうとした瞬間、助走もなしに狐がその場で跳躍した。

頭上を覆う高い木々を軽々と飛び越えた狐は空中で一回転し、柚希たちと黒兵衛の間に着地する。そのタイミングを見逃さず振り返った黒兵衛が八つ手の葉を振り下ろすと、周囲の木が根こそぎ引き剝がされるほどの強風が辺りに巻き起こった。

軟な民家ならたやすく吹き飛ばす、黒兵衛必殺の天狗風だ。

だがその風は狐の背後にいた柚希たちにも襲いかかり、柚希は正臣もろとも背後に吹き飛ばされる。しかも間の悪いことに唐傘小僧を両手でしっかりと持っていた柚希は妙な具合に気流を摑んでしまったようで、爪先が地面から浮き上がった。

普通の傘なら、風の勢いに負け傘の骨のほうが折れてしまっていただろう。けれど唐傘小僧はビニール傘とは違う、妖力を持った妖怪だ。黒兵衛の突風とどういう相乗効果を生んだものか、柚希の体は見る間に天高く舞い上げられ、頭上を覆う木々の枝にまで届いてしまった。

これ以上飛ばされたら本気で戻ってこられなくなりそうで恐怖を覚えた柚希は、闇雲に腕を伸ばして側にあった木の枝にしがみつく。ちょうど唐傘小僧も木々の間に引っかかってくれ、柚希は散々枝葉に髪をもみくちゃにされ体中幹にぶつけながら、なんとか太い木の股に着地することができた。

「ゆ……っ、柚希さん!?　どうしてそんなところまで……それもあの妖怪の仕業ですか！」

黒兵衛の突風に吹き飛ばされ地面に倒れ込んでいた正臣が、樹上の柚希を発見して慌てて根元まで駆け寄ってくる。

　地上から優に数メートルはある木の上まで吹き飛ばされた柚希は、無言のままこくこくと首を縦に振ることしかできない。妖怪は妖怪でも、自分が家から連れてきた妖怪たちのせいでこんな状況を招いたとは口が裂けても言えなかった。

　幸いなことに木の枝は太く柚希が腰かけてもびくともしないが、地上までは相当の高さがある。枝を伝って下りるのもすぐには難しそうで柚希が右往左往していると、再び山を揺るがす狐の咆哮《ほうこう》が辺りに響き渡った。

　鼓膜を引き裂くほどの大音量にとっさに耳をふさいだ柚希は、狐のいるほうに目を向け、硬直した。

　柚希が目にしたのは、今まさに狐に向かって八つ手の葉を振り下ろそうとその鼻先まで迫っていた黒兵衛が、白目を剝いてぱたりと地面に落ちていった光景だ。どうやら至近距離でまともにあの咆哮を浴びせられ、意識を失ってしまったらしい。

　完全に白目を剝いている黒兵衛に悲鳴を上げた柚希だが、狐は地面に落ちた黒兵衛にとどめを刺すことはせず、背後にいる正臣をゆっくりと振り返った。

　木の上からでも、正臣の表情が強張ったのがわかった。

　地上に立っているのはもう、正臣と白狐だけだ。

　柚希は慌てて木から下りようとするが足場になる枝が見つからない。だからといって直接地面に飛び下りられるような高さでもない。混乱を極め無闇に手足を動かすことしかできない柚希の耳が、ふいに低い地鳴りを捉えた。

また狐が何か仕掛けてきたのかととっさに下を見たが、正臣も狐も先ほど見たときと同じく距離を開けたまま動いた形跡はない。それでもやはり地鳴りのような音が耳から離れないので辺りを見回すと、正臣たちの立つ山の斜面の上から、ガラガラと小さな石が落ちてくる音がした。

（まさか……地すべり!?）

闇の中では迫りくる土砂の規模もわからなかったが、柚希は枝から身を乗り出して地上の正臣に叫んだ。

「正臣さん、逃げてください！　上から土砂が！」

柚希の声に反応して正臣が木の上へ顔を向ける。その一瞬の隙に、正臣と対峙していた狐が大地を蹴った。

巨体に見合わぬ俊敏さで狐が正臣に襲いかかる。

迫りくる影に気づいてとっさに身をかわした正臣だったが、完全には避けきれず狐の肩に激突されて体が宙に吹き飛んだ。

重さを感じさせないくらい軽々と宙に投げ出された正臣の体が柚希の近くの木の幹に背中から叩きつけられる。そしてそのまま、ずるずると根元に倒れ込んで動かなくなった。

「ま……っ……正臣さん！」

木の上から声の限りに呼びかけるが、正臣はピクリとも動かない。

期せずして祠から近い場所で意識を失った正臣の元に、狐がゆっくりりと歩み寄る。

その間も、地鳴りの音はどんどん近づいてくる。斜面を転がり落ちてくる石の数も増えているようだ。

一方の柚希は両肘で体を支えて枝にぶら下がり、足を伸ばしてなんとか下の枝に足をかけようとするが爪先が空を掻くばかりで上手くいかない。歯噛みしている間にも狐は正臣のすぐ側までやってきて、興奮した様子で口から白い息を吐いている。

体の内側を流れる血を透かしたように赤い目をぎょろつかせた狐が大きく口を開ける。その奥に光る鋭い牙が正臣の首元にかかる。

薄い皮膚に牙の先がくい込み思わず目を瞑りかけた柚希だったが、寸前で正臣の懐からさらさらと白い物がこぼれていることに気づいてハッと動きを止めた。

狐もそれに気づいたのか、僅かに怯んだ様子で首を後ろに引く。

（……清めの塩？）

狐がじりじりと後退する。まさか本当にあんな塩に妖怪を退ける力でもあるのかと柚希が目を瞬かせていると、地面にこぼれ落ちた塩が濛々《もうもう》と辺りに立ち込め始めた。

塩というより、非常に粒子の細かい砂でも撒いたように舞い上がるそれを目で追っていると、うっすらとけぶるその奥に朧な人影が浮かび上がった。

最初、柚希は正臣が意識を取り戻して立ち上がったのかと思った。だが木の根元には、ぐったりと横たわって動かない正臣の姿が確かに見える。

ならばその横に寄り添う影はなんなのだと目を凝らした柚希は、その人影が白い着物に浅黄の袴を穿いた神主姿であることに気がついた。目元には丸い眼鏡。後ろに撫でつけられた髪は真っ白だ。

柚希は目を見開く。あれは境内で見かけた、正臣の祖父だ。

気を失いながら正臣が祖父の名を呼んだのだろうか。だが意思もなければ実体もない陽炎のような存在にこの窮地を救えるわけがない。そう思った柚希だったが、思いがけないことにそれまで牙を剝いて呻り声を上げていた狐が、正臣の祖父が現れた途端ぴたりとおとなしくなった。

赤い瞳が正臣の祖父を見据える。不吉なくらいのその赤さが、スゥッと薄くなったように思われた次の瞬間。

いつのまにそこまで迫っていたのだろう。

山の斜面からなだれ落ちてきた土砂が絨毯《じゅうたん》でも広げたように木々の根元を覆い尽くし、狐や祠はもちろん、地面に倒れ伏していた正臣の体さえも、一瞬で呑み込んでしまったのだった。

＊＊＊

俯いた項が、夏の日差しにじりじりと焼かれる。

庭先に植えた朝顔の裏に黒い影が見え隠れする。花の揺れ方とは明らかに違う動きをするそれをジッと見ていると、そこにもっと黒い影が重なって、振り返ると背後に祖父が立っていた。

『今の、いい神様？　悪い神様？』

しゃがみ込んだまま、真夏の青空を背に立つ祖父に尋ねる。仕事の途中だったのか神主装束を身にまとった祖父は、眼鏡の奥の瞳を穏やかに細めて答えた。

『どちらかな。どちらにしても、神様であることには変わりないよ』

それは幼い頃、幾度となく祖父に繰り返された言葉だ。

いつだって祖父は、妖怪も神も同列に扱う人だった。たとえ相手が人間に害を成す存在だとしても、等しく人の力が及ばない者として敬うべきだと信じていた。

祖父に優しく手を引かれ朝顔の前を横切る。花は相変わらずゆっくりと、風もないのに揺れている。

『無闇に怖がっては駄目だよ。確かにそこにいるのだから、いるはずがないなんて思っても駄目だ』

鮮やかな花と、支柱に巻きつく蔓や葉が作る薄暗がりに目を凝らせば、確かにそこには何かがいた気がした。バイバイ、と手を振ると、応えるように花が揺れる。

『一度見つけて、名前を呼んだら、ずっと覚えていてあげなさい。人に忘れられてしまった妖怪は、とても淋しいものだから』

懐かしい、夏の思い出。

祖父に手を引かれ上機嫌で境内へ向かう幼い自分をどこか遠いところから眺め、そうだった、と正臣は思う。

人に忘れられてしまった妖怪は淋しい。あれは祖父の言葉だ。洞穴の中で柚希の口から聞いたときにも何か引っかかるものがあったけれど、ようやく思い出した。

きっと祖父は、人に忘れられた妖怪の行く末を知っていた。だから。

（……爺ちゃんは、裏山の狐と仲よくなろうとしてたんだ）

いつもより格段に低い目線から見上げる祖父は手に油揚げを持ち、裏山の狐の神様にあげるのだと、秘密でも打ち明けるかのような顔で教えてくれた。

他愛のない光景が、写真で切り取られたように鮮明に思い出される。

狐の神様は神様なのに怯えているんだ、と教えてくれた祖父の顔は弱り顔だった。だから自分ひとりで山に行かないと逃げられてしまうかもしれないと呟く顔は思案気で、ゆっくりと、少しずつ仲よくならないといけないね、と笑う横顔は穏やかだった。

『神様の住む場所は異界だ。人の棲む場所とは異なる世界だよ。その異界と私たちの世界を繋ぐものが、鳥居だったり祠だったり、お社だったりする』

嵐の晩、家族の目を盗みレインコートを着て外へ出ていこうとする祖父を誰より早く見つけたのは正臣だった。不安顔でレインコートの裾を摑んで離さない正臣の頭を撫で、祖父は嚙んで含めるように言った。

『お山には狐の神様の祠がある。ずっと探していたのだけれど、最近ようやく見つけたんだ。あれが壊れてしまったら、神様は異界に帰れなくなってしまう。お爺ちゃんはね、神様と約束をしたんだ。崩れかけた祠をきちんと修理して、ちゃんと神様が本来いるべき場所にお帰ししますって。でもこの雨で祠が流されてしまったら、神様がお家に帰れなくなってしまうだろう？』

祠、と祖父が繰り返す。でも幼い自分には半分も意味がわからない。わからないなりに覚えていて、今になってようやくその意味を理解した。

祖父は異界に狐を帰そうとしていた。人の世界から追い出すのではなく、きちんと狐自身に納得してもらって、本来いるべき場所に戻ってもらおうとしていた。

正臣の父は神社におわす神様の存在は認めても山に棲む妖かしの存在は認めなかった。だから祖父はひとりで山に向かった。

祖父はあの晩、自らの意志で山へ入ったのだ。


薄れかけた意識の向こうから、ぼんやりとした痛みが押し寄せてくる。

瞼を開けると、目の前に白い狐の顔があった。

直前まで見ていた夢が瞼の裏を過る。いつもより低い目線、見上げる朝顔、祖父の大きな乾いた手。

目の前の狐も、本来ならば有り得ないくらいに大きい。また自分の体は子供の頃のように縮んでしまったのだろうか。

夢の続きを見ている気分で片手を伸ばした。

視界に自身の手が映り込む。けれどそれは見慣れた己の手とは違っていて、節くれてシワだらけの、祖父の手に似ていた。

自分の手ではないものの、指先で狐に触れると確かにごわごわとした感触が伝わってくる。狐の毛並みはどことなく黄ばみ、すっかり水気を失っているようだ。

さらに腕を伸ばし、狐の眉間に手を添えてみた。

狐はされるがまま頭を垂れ、そして静かに目を瞑る。

途端に、狐の毛皮に埋もれていくように視界が白く霞んだ。何も見えない。

頭の中に、何かが流れ込んでくる。

最初に聞こえたのは、笛の音だった。

たどたどしく途切れがちなその音に耳を傾けていると、続いて枯れた草を踏んで山を登ってくる複数の足音が聞こえてきた。

さわさわと木々を渡る風が乾いている。季節は秋だ。ひんやりした、濡れた土の匂いに混じり、山の生き物とは違う匂いが近づいてくる。

また人間が昼寝の邪魔をしにきたらしい。自分は祠の前で丸まって、尻尾の中に鼻先を埋める。そのまま眠るつもりでいたのに、耳だけが勝手にぴんと立ってしまう。

『お山の端から、お狐様の尻尾が見えたよ！』

近づいてくる子供の声。

『どうりで今年は豊作だ』

笑いを含んだ大人の声。

半分閉じた目の端で翻る質素な着物。子供たちの泥だらけの手足。ささくれた大人の手で祠の前に置かれる、たくさんの野菜が盛られたカゴ。

はしゃいだ子供たちの声が静まって、祠の前に大勢の人が膝をついた。

『今年も実り多き季節になりました。変わらず我々を見守ってくださり、ありがとうございます』

尻尾から顔を上げるまでもない。皆が自分を見ている。両手を合わせ、ありがとう、と頭を下げる。頷く代わりに尻尾を振った。だが、それが彼らの目に正しく映っていたかどうかは知らない。

たどたどしい笛の音はいつの間にか祭囃子の音に変わり、大人も子供も、山の中にある祠を囲んで楽しそうに笑っている。

自分をダシに祭りを楽しんでいるだけではないかと思わないでもなかったが、それもいいかと思い直した。こうして山が賑やかになるのも、悪い気分ではなかったから。

けれど、いつからだろう。

山に育つ果実がたわわに実っても、麓の田が黄金色の稲をつけても、人々は山にやってこなくなった。おいで、と山の裾から尻尾を覗かせてみても誰も気づかない。

人の世界も存外忙しいものらしい。

そう、思ってみることにした。

自分はただ、いつか人間たちが楽し気に囲んでいた祠の前でひっそりと体を丸め、再び彼らが山を訪れるのを待ち続けた。秋祭りの季節が過ぎるたび、また来なかったか、と溜息を押し殺して。

やがて、長い長い年月が経ち、麓の景色がすっかり様変わりする頃、久方ぶりに人間が山の中へ入ってきた。

けれどそこに、はしゃいだ子供の声はない。供え物の野菜もない。笑い声どころか、のどかなお喋りも抜きで山に入ってきた人間たちは自分の姿に気づかない。木々を揺すっても足場を崩しても見向きもせず、それでようやく気がついた。

長く山の中で待ち続けている間に、人間たちは自分のことなど忘れてしまったのだ。

その目にはもう、かつて神と崇めたたえられていた自分の姿など映らない。

久々に山に入ってきた人間たちも、どうやっても自分のほうを見ようとしない。それどころか山の木を切り倒し、沢をせき止め、あろうことか祠を壊そうとした。

もう、すでに記憶も朧になるほど昔、人間たちが自分のために作ってくれた祠だった。祠の前には野菜や果物を供え、両手を合わせて自分の名を呼んでくれた。

その場所が失われようとしているのだと悟った瞬間、全身が総毛立った。

自分と人間を繋ぐものが壊されようとしている。この祠がなくなれば、今度こそ本当に人間たちは跡形もなく自分を忘れてしまう。

自分がここから、いなくなってしまう。

そう思ったら、怖くなった。

怖かった。とてもとても、怖かった。

このまま誰にも思い出されず消えてしまうのが、とても。


『ああ、ここにいらっしゃった』

その老人に出会ったのは、祠を壊そうと山に入ってくる人間たちを片っ端から追い返していた頃のことだった。

自分はその老人のことも山から追い返そうと木々を揺らし大地を波打たせたが、相手はまったく動じたふうもなくいつも柔和に笑っていた。

彼は自分に手を差し伸べてくれた。

毎日供え物を持ってきてくれた。枯葉に埋まる祠の周囲を掃き清めてくれた。遠い昔、自分を囲んでいた人間たちのように笑顔で、丁寧に手を合わせてくれた。

自分は山を揺らすのをやめ、祠の前に背筋を伸ばして座る。相手の目は確かに自分を見ていて、敬うようにもう一度頭を下げた。

そうやって再び自分をその目に映してくれる者を、自分はずっと、待っていた。


あの老人、今はどうしているだろう。ある嵐の晩を境に、ぴたりと山を訪れなくなってしまったけれど。

いつかまた、ここへ来てくれるだろうか。

いや、祠を直すと約束してくれたのだから、きっと来てくれるはずだ。

それまで自分は、祠を守り続けなければ。人が自分を忘れぬよう、人と自分を繋ぐものを失わないよう。

『長らくお待たせして、申し訳ありませんでした』

今度会うことができたら、きっと彼は折り目正しく頭を下げて言ってくれるに違いない。

『さあ、一緒に参りましょう』

そう言って、もう一度手を差し伸べてくれるのなら。

そのときはもう一度、あの頃のように。

神と呼ばれていた、あの頃のように。

＊＊＊

夜風が吹き抜ける木の上で、柚希は呆然と地上を見下ろしていた。

雨はいつの間にかやんでいて、湿った風がさわさわと木々を鳴らしている。

眼下には泥に覆われた地面が延々と続き、下草はおろか木の根も見えない。数分前までそこにあった祠も、狐も、そして正臣の姿も、どこを捜しても見つけることができなかった。

一瞬ですべてを呑み込んでいった土砂を前に呆然自失の体で柚希がへたり込んでいると、目の端でわずかに大地が動いた。

モグラが地から顔を出そうとでもしているかのようにもこもこと盛り上がった泥の下から、ブハッと勢いよく顔を出したのは黒兵衛だ。元から黒い顔を泥で茶色く染めたその顔を見て、ようやく柚希は我に返った。

「く……黒兵衛！　よかった！　こっちこっち！」

大きく首を振って顔についた泥を払った黒兵衛は、木の上にいる柚希に気がつくと大慌てでじたばたと羽を動かし泥から全身を引き抜いた。

「姫様！　なぜそのような場所に……。ああ！　無理に下りようとなさっては危険です！　私が下から風を送りますので唐傘小僧の足を摑んで飛び下りてください！」

えっ、と柚希は息を飲む。

柚希のいる場所から地上までは優に二メートルを超える。飛び下りるほうがよほど危険な気もしたが今は迷っている時間もなく、柚希は覚悟を決めて木の枝に引っかかっていた唐傘小僧の足を摑むと、深呼吸を二つして思い切りよくその場から飛び下りた。

同じタイミングで黒兵衛が下から八つ手の葉を一振りする。先ほどより大分威力の弱い風を唐傘小僧がキャッチして落下の勢いを半減させ、さほどの衝撃もなく柚希は木の上から地面に下りることに成功した。

　ふくらはぎまで埋まるほどの泥に足を突っ込んだ途端、柚希は唐傘小僧も黒兵衛も放り出して斜面を駆け下りた。駆けるといっても泥に足を取られてまともに歩くこともままならなかったが、それでも辺りを見回しながら必死で声を張り上げる。

「正臣さん！　聞こえますか、正臣さん！」

「おや、そういえば正臣殿はどちらに……？」

　泥で濡れた翼を重た気に上下させて黒兵衛も辺りを飛び回る。唐傘小僧も一本足で苦労しながら後をついてきているようだ。

　柚希はうっかりすると目の端ににじみそうになる涙をグッとこらえて一歩一歩ぬかるみに足を踏み出す。

「あの狐にふっとばされて、意識を失ったところを土砂に呑みこまれた……！　あんな状態で泥に埋まったら、最悪窒息してるかもしれない」

「なんと⁉　それは大変ではないですか！」

　やっと状況を飲み込んだ黒兵衛が、勢いよく柚希を追い越し斜面の下へ飛んでいく。柚希はこらえきれなかった涙を手の甲で乱暴に拭い、泥に埋まった足を引き抜いた。

　正臣が危ない目に遭っていたのに、木の上から一歩も動けなかった自分が情けなかった。正臣は全身の震えを必死で隠して自分を庇おうとしてくれていたのに。

（絶対に捜し出す！　だからどうか、無事でいてくれますように……）

歯を食いしばって山道を下りていくと、下から黒兵衛の声が聞こえてきた。

「姫様！　姫様、これはもしや……早く来てください！」

「何！　見つけたの！」

雨がやんだおかげで木々の間から月光が射し込み、少しは見通しのよくなった山の中で柚希は黒兵衛の声のしたほうを目指して進む。斜面を下るうちに心なしか泥が浅くなってきたようだ。さほど大きな土砂崩れではなかったのか。

難儀しながら歩き続けると、前方にようやく黒兵衛の姿が見えた。泥に埋まった何かに鉤爪を引っかけ、必死で泥から引っ張り出そうと翼をはためかせている。

黒兵衛の側では例の祠が泥に半分埋まっていた。土砂に押し流されこんな場所まで流されてきたらしい。

「何、見つけたのって祠なの!?」

「違います！　いえ、確かに祠があると思って近づいたのですが、その下に、ほら！」

黒兵衛は脚で摑んだ物を柚希に示してみせる。泥で大分汚れていたが、それは薄藍色の布のようで、正臣の着ていた着物と同じ色だと気づいた途端、柚希も無我夢中で泥の中に手を突っ込んだ。

柔らかな泥の中に確かな手ごたえを感じ、柚希は力の限りそれを持ち上げる。するとなぜか、泥から半分姿を現していた祠も一緒に動いた。

「ど、どうなってるの？　これ、正臣さんでしょ？」

「体の一部が祠に引っかかっているのやも知れません！　ともかく全力で引っ張り上げましょう！」

黒兵衛の声に励まされ、柚希は形も定かでない大きなものを泥の中から引きずり上げる。再び祠が大きく動いて、泥の中、というより、泥に埋まった祠の中からズボリと何かが引き抜かれた。

「うわぁっ！　……って、正臣さん！」

何が出てきたのかとうっかり手を離しかけた柚希だったが、力なく柚希に凭れかかってきたのは間違いなく正臣だ。意識を失っているらしく、ぐったりと柚希に寄りかかって動かない。

そして不思議なことに、泥に埋まっていた割には顔がほとんど汚れていない。

どういうことかと柚希が目を白黒させていると、早速黒兵衛が泥に埋まりかけた祠を覗き込んだ。

「はーなるほど……。正臣殿はどうやら、この祠に頭を突っ込んだ状態で土砂に流されていったようですな」

「え、この祠の中に？　こんな小さいのに？」

「こう、肩をすぼめれば胸の辺りまで入りますよ。かなり奥まですっぽり入っていたのでしょう。おかげで祠の中にまで泥が入り込まず、窒息は免れたようですぞ」

言われてみれば確かに、正臣の体は泥だらけだが胸から上はほぼ汚れていない。

一応口元に手を当てて確認してみるときちんと呼吸もしていて、ホッとした柚希は正臣を抱きとめたままずるずるとその場に崩れ落ちた。

「……う……」

体勢が変わったことで正臣も意識を取り戻したらしい。肩口で正臣が呻き声を上げたのに気づき、柚希は慌ててその顔を覗き込む。

「気がつきましたか！　大丈夫ですか！　意識はしっかりしてますか！」

柚希は正臣の肩を摑み、覚醒を促すつもりでガクガクと前後に揺する。正臣はされるがままに揺さぶられた後、ようやく目を開けて柚希の視線を受け止めた。

「大丈夫ですか！　どこか怪我は！」

土砂に巻き込まれたのだからさすがに無傷というわけはないだろうと心配顔で柚希が返事を待っていると、正臣は重た気な瞬きを繰り返した後、緩慢に首を振った。

「いえ、特には、どこも——」

「ほ……本当ですか？」

「はい……取り立てて痛むところも、動かないところもなさそうです」

本当に？　と疑わしい目で正臣の表情を窺うが、本人は夢から覚めたばかりの顔で、大丈夫です、と頷くばかりだ。

「奇跡だ……」

柚希は絞り出すような声で叫ぶ。

斜面の上から流れてきた土砂の勢いは相当だった。柚希のいた大きな木すら、土砂がぶつかった瞬間は激しく揺れたのだ。この衝撃を生身で受けた正臣を思ったら絶望的な想像しかできず、すぐには木から下りる気力すら湧いてこなかったのに。

張り詰めていた緊張の糸が切れてその場に突っ伏してしまいそうになる柚希とは逆に、正臣は自分の体を見分するようにゆっくりとその場に立ち上がった。

「僕は、土砂に巻き込まれたんですか……」

どうやらまだ自分の置かれた状況がよくわかっていなかったらしい。力なく柚希が頷くと、正臣は自分の腕や肩を撫で、その場で何度か足踏みをして、ようやく辺りを見回した。それでやっと土砂の規模がわかったのか眼鏡の奥で小さく目を見開いた正臣は、続けて自分の掌をしげしげと見詰め、呟いた。

「……この山で土砂に巻き込まれた祖父も、発見されたときはほとんど外傷がなかったそうです。捜索隊の人たちも、ずっと不思議がっていました」

当時のことを思い出しているのか、正臣の瞳が遠くを見るようなものになる。

手の甲を覆う泥を拭い落とし、正臣は限界まで潜めた声でこんなことを言った。

「何か、不思議な力が働いていたとしか思えないと……」

雨のやんだ山の中は静かで、正臣の掠れた声もきちんと柚希の耳まで届く。

だが柚希には、正臣の言う不思議な力がなんなのかわからない。泥で汚れた自分の手をいつまでも見詰めて動かない正臣が、何を考えているのかも。

どこかで流れている水の音を聞くともなしに聞きながら正臣を見上げていた柚希は、その頭上できらりと光ったものに目を留めて、座り込んだまま「あ」と小さな声を上げた。

枝を広げた木々の向こうには、雲の去った夜空が広がっていた。

その濃紺の空を、巨大な白い狐が翔《か》けていく。

山の中で対峙したときに見た荒れた姿が嘘のように、狐は優雅に空を翔けていた。もう体は泥にまみれておらず、夜空に映える純白の毛は月光を反射して艶やかに光っている。血の色を透かしたような瞳の色も、今は美しい黄金色に変わっていた。

柚希と同じく空を見上げた正臣も驚いたように息を飲む。

美しい白狐は柚希たちを一瞥すると、一層スピードを上げて空の高いところへ翔けていく。途中、その背中に人影が見えた気がして柚希は目を眇めた。

残念ながら柚希はその人物の顔を見定めることができなかったが、柚希に背を向け夜空を見上げていた正臣が、小さな声でこう呟くのは聞こえた。

「……爺ちゃん」

どうやら正臣の目には、柚希には見えなかったものが映ったらしい。

言葉もなく夜空を見上げるうちに狐の姿は小さくなり、やがて空に光る星と狐の見分けがつかなくなった頃、ようやく柚希も立ち上がって腰に手を当て辺りを見回した。

先ほどまで大雨が降り、狐が暴れ、土砂が流れていたとは思えないほど山の中は静かだった。きっともう、この山で狐火が飛び回ることもなければ、業者の人間が事故に遭うこともないだろう。

狐の脅威が去ったはいいが、懐中電灯がどこかへ消えていた。雨がやんだおかげで月明かりはあるが、さすがに山道を下りるのにこの薄明りだけでは心許ない。どうしたものかと正臣と顔を見合わせたとき、黒兵衛がバタバタと羽を上下させた。

「姫様！　あれをご覧ください！」

柚希たちの頭上を旋回した黒兵衛が下り斜面に向かってくちばしを突き出す。

見遣った山の斜面には、点々と明かりが灯っていた。明かりは長く繋がって、どうやら山裾まで続いているらしい。

「……なんですか、あれは」

柚希の視線を追いかけた正臣も近づいてくる光に気づいたらしい。相変わらず妖怪の姿は見えないくせに怪異現象だけは見えるのかと、柚希は口元に苦笑を浮かべた。

「多分、うちの百鬼夜行《ひやっきやこう》です」

山裾から手に手に明かりを持ってぞろぞろと斜面を登ってくるのは、柚希の家に棲みついた妖怪たちだ。ある者は自ら火を吐き、ある者はお手玉のように火の玉を回して、一心に柚希目指して山を登ってくる。

先頭には小鬼の姿もある。大役を務め切った小鬼は誇らし気に胸を反らし、小さな体で目一杯飛び上がって柚希に手を振った。

よくやった、と手を振り返す柚希の隣で、明かりの正体が妖怪だと知った正臣はあからさまに怯えた顔をする。けれどもう、柚希にそれを非難するつもりはなかった。

むしろ今なら正臣の気持ちもわかる。真っ赤な目を見開き、口から鋭い牙をむき出しにした巨大な狐と対峙したとき、自分も歯の根が合わなかった。本気で食い殺されると思ったし、こんな獰猛な存在と心を通わすことなど不可能だろうとも思った。

そんな狐の姿を幼い頃に目の当たりにした正臣に、怯えるなというほうが酷なことだ。柚希だって初めて見た妖怪があの狐で、周りに祖父や父のような妖怪に理解のある人間がいなければ、正臣と同じ反応をしていたかもしれない。

「……貴方の言う通り、人畜無害な妖怪ばかりでないことは認めます」

すぐそこまで迫っている百鬼夜行の光を見下ろし、柚希はそっと正臣に語りかけた。目の端で正臣がこちらを向くのを待ち、柚希はわずかに目を細める。

「でも、少なくともあれは私たちを助けにきてくれた妖怪です」

だから大丈夫だと伝えるつもりで先んじて妖怪たちの元へ歩み寄ろうとしたら、スッと正臣が柚希の前に進み出た。

柚希に背を向けたまま、正臣は言う。

「……山道は危ないので、僕が先に行きます」

妖怪は怖がるくせに、こういうところは妙に男らしい。

「頼りないのかそうでもないのか、判断に迷う方ですなぁ」

容赦のない黒兵衛の台詞に、同じことを考えていた柚希も苦笑するしかない。

一方の正臣は、後ろをついてくる黒兵衛の声も聞こえなければ、傍らを通り過ぎる妖怪たちの好奇の視線にも気づかない。おそらく闇夜にぼんやりと浮かび上がる光の前を歩いているようにしか見えないのだろう。つま先立ちになって頭の上で高く提灯を掲げ持つ猫又の前も、大人が両手いっぱい広げても手が回らないほど大きな顔に巨大な目玉をひとつつけた大入道の前も、同じ歩調で通り過ぎていく。

妖怪たちの姿がはっきり見えていたら大入道の前では悲鳴ぐらい上げたかな、と柚希が考えていると、ふいに正臣が口を開いた。

「……意識を失っている間、夢を見ました」

柚希を振り返ろうとはせず、前を向いたまま正臣は言う。どんな夢です、と尋ねると、迷いを感じさせる長い沈黙の後、ひっそりと正臣は答えた。

「祖父の夢と……それから、あの狐の夢です。夢にあの狐が出てきたというより、あの狐が見てきた過去の記憶のようなものを、狐と同じ目線で見ていた気がします」

柚希と黒兵衛は大きく目を見開いて顔を見合わせる。

正臣の言い分が正しければ、正臣は妖怪の過去の記憶を垣間見たということになる。けれどそれは妖怪に対するアンテナの感度が相当に強くなければできないことで、代々妖怪を見ることのできる山城家の人間でさえ実行可能な者は少ない。それだけ特殊な能力ということだ。

正臣は妖怪の姿をキャッチすることもできない程度のアンテナの感度しかないのに、妖怪の過去を見ることはできたというのか。

「……単なる夢かな？」

小声で黒兵衛に尋ねると、黒兵衛も困惑顔で首を傾げてしまった。

「本当に妖怪の意識に触れることができるのなら、この場にいる妖怪たちなど容易に見定めることができるはずです。しかし、例外ということも……」

正臣は柚希たちの潜めた声には気づかず、ポツリポツリと夢の内容を語り始める。それはただの夢と切って捨ててしまうにはやたらと詳細で、柚希たちは一層混乱を深めることになった。

正臣は他人に語ることで自分の考えを整理している節があるようで、一向に柚希たちを振り返らないまま話し続ける。

「夢を見ているうちに、子供の頃祖父と話した内容も思い出しました。祖父は、異界の存在を信じていたんです。神や妖怪は本来異界に棲んでいて、鳥居や祠をくぐってこちらの世界に来るのだと。異界では神も妖怪も違いはなく、人の世界にやってきた彼らのことはどちらも等しく敬うべきだと」

異界、という概念を柚希は知らない。妖怪たちからもそんな話を聞いたことはなかったが、正臣の言葉を無下に否定する気にはなれず黙って頷いた。

そんな柚希に、正臣はひとつの疑問を投げかけてくる。

「僕は、神と妖怪は歴然と異なる存在だと思ってきました。……貴方はどう思われますか？」

突然の問いかけに、柚希は口を噤んで考え込む。

そんなことは今までまともに考えたことがなかった。妖怪も神様も、自分や家族を除く人間には見えない存在として漠然と同列に扱ってきたからだ。

けれど前を歩く正臣の背中にはそんな適当な返答を拒む空気が漂っていて、真剣に考えた末、柚希はゆっくりと口を開いた。

「日照りに雨を降らせれば神様、でもその雨がやまずに洪水になってしまったら妖怪。違いといったらその程度です。彼ら自身にはきっと善意も悪意もない。ただ人の持ち得ない力を持っているだけで……」

「同じ力を持った存在が、神にも妖怪にもなるということですか？」

正臣の言葉を口の中で繰り返し、そうです、と柚希は頷く。

「彼らを神様にするのも妖怪にするのも、人間です」

人にとって都合がよければ神様で、都合が悪ければ妖怪。神でいてくれるうちは崇め奉るが、そうでなくなった途端妖怪と呼んで追い払う。すべては人間の捉え方次第だ。

柚希の言葉に納得したのかどうかはわからないが、正臣が特に反論を挟んでくる様子はない。代わりに別の疑問を口にした。

「……さっきの狐は、どちらだったんでしょう」

それに答えたのは黒兵衛だ。

「おそらくかつては神と崇められていた方とお見受けしました。質素ながら祠も建てられていたようですので」

柚希は黒兵衛の言葉を繰り返す。かつては、という部分を口にするとき、少し胸が痛んだ。遠い昔は神として祀られていたのだろうあの狐は、時代の変化に伴い祠ごと山に打ち捨てられ、人に忘れられて、我を失いあんな姿になってしまったのだろう。

正臣も考え込むように何も言わない。柚希と同じようなことを考えているのかもしれなかった。

道しるべのように明かりを手にして山道に並ぶ妖怪たちの列はまだしばらく途切れそうもない。目が合うたびにニコリと目を細める妖怪たちを見返して、柚希は幾ばくかの願望を込めてつけ加えた。

「でも、さっき空を翔けていった姿を見る限り、あの狐も最後は神様に戻ったように私には思えました」

夜空に光る真っ白な毛並みと黄金の瞳。そこには妖怪と言ってしまうのは憚られる荘厳さが漂っていた。きっとあれこそが、人々に神として祀られていた頃の狐の姿だったのではないか。

柚希の言葉に正臣は特に返事をしたりはしなかったが、微かに首が動いて頷いたようにも見えた。

百鬼夜行の光はまだ麓まで続いている。

その後山を下りるまで、二人は無言のまま光の中を歩き続けた。


閉じた瞼の裏から伝わってくる、眩しい光で目が覚めた。

眩しさから逃れようと寝返りを打ったがどこまでいっても影はなく、柚希は不承不承目を開ける。途端に窓の向こうに広がる青空が目に飛び込んできて、やっちまった、と両手で顔を覆った。

うっかりカーテンを全開にして眠ってしまったらしい。同年代のひとり暮らしの女性が聞いたら「信じられない！」と目を丸くするところだろうが、柚希は自宅暮らしの上に無駄に実家の庭が広いおかげで、どうにも防犯意識が希薄になってしまっていけない。むしろ問題は、眠っている間に朝日で肌を焼いてしまったことだ。

（化粧品の販売員が真っ黒に日焼けしてシミ作ってたら、売れる物も売れない……）

女子力云々ではなく単なる職業意識から、朝イチでシートパックしよう、とのろのろベッドを下りた柚希は、寝ぼけ眼をこすって洗面所へ向かった。

今日は早番なのでゆっくりしている時間もない。洗顔、シートパック、その間に着替えて化粧、と手早く身支度を整えた柚希は、ダイニングキッチンに入るなりテーブルに直行しようとして、途中でぴたりと足を止めた。

キッチンでは母と祖母が朝食の準備をしている。その後ろを通り抜け、部屋の隅に取りつけられた神棚の前で手を合わせた。

「あら、柚希ったらどうしたの最近。前は朝のご挨拶なんてしなかったのに」

味噌汁をよそっていた母が驚きをにじませた声を上げる。柚希は神棚の前で目を閉じたまま、うん、と小さく頷いた。

本当は、神棚に手を合わせることに何の意味があるのかまだ柚希にはよくわかっていない。それは人の手で作った小さな木の細工でしかなく、台の上には猫又が寝そべっていて、柚希たちが手を合わせたところで嬉しそうな素振りも見せない。

それでもこうして柚希が神棚の前で手を合わせるのは、先日山の中で狐に襲われ、少しだけ妖怪たちに対する考え方が変わったからだ。

多くの人の目に見えないだけで、妖怪はどこにでも存在する。だから柚希は妖怪を、身近で親しく、人間に対していつだって友好的なものだと思っていた。

けれど山の中で出会った白狐に、必ずしもそうとは限らないことを思い知らされた。あのときは冗談抜きで死の恐怖に晒《さら》されたのだから。

さらに山を下りるとき、火の玉や人魂で夜道を照らしてくれる妖怪たちの前を歩きながら、何もあの狐に限ったことではないのだな、とも思った。

この家にいる妖怪たちだって、その気になればきっとたやすく人間をひねり潰してしまう。山の中で自分たちを守ろうとしてくれた黒兵衛の天狗風だって、悪意を持って人に向けられれば甚大な被害を及ぼすのだから。

ダイニングキッチンには、今もたくさんの妖怪たちがいる。

神棚の上の猫又、テーブルの上を拭いている黒兵衛、足元を走り回る家鳴り。

これだけ当たり前に側にいても、彼らはやはり人とは異なる、どう足掻《あが》いても人の及ばない力を持った存在だ。そしてその存在を神にするのも魔物にするのもすべて人の心次第。敬う心を忘れれば、彼らはあっという間に淋しさから悪鬼に堕ちてしまう。

あの山に、ひとり取り残された狐がそうだったように。

それを忘れないために、柚希は毎朝神棚に手を合わせるようにしている。

しばしの間神棚の前で頭を下げていた柚希が両手を脇に垂らすと、待ちかねていたように背後から黒兵衛の声がかかった。

「姫様ー、今日の朝ごはんは姫様のお好きな明太子ですぞ！　卵焼きも今ならできたてですぞー！」

神妙な顔で神棚を見上げていた柚希は軽く眉根を寄せる。騒々しい声で早く早くと急かされて、これだから、と柚希は思う。

殊勝な気持ちも長くはもたない。敬わなければならないと頭ではわかっているのに。

「わかったってば！　今行く！」

ぞんざいにこう言い返してしまう。

自分にとって、彼らは家族だ。

仕事帰りに職場で買い物をすませると、柚希はその足で柳神社へ向かった。

少し前まで神社を訪れるときは花柄のワンピースやフレアスカートばかり着ていたが、

今日は仕事帰りなので着慣れた黒のパンツスーツにピンヒールという出で立ちだ。手には手作りの菓子でなく、デパ地下で売っている一等上等な羊羹《ようかん》を持っている。

　神社へ向かう途中、妙に緊張している自分に気づいて柚希はコホンと咳払いをした。

「そういえば曾お爺ちゃんって、どうして妖怪を拾い始めたのかな」

　口を開いたついでに、今日も職場まで柚希を迎えにきていた黒兵衛に尋ねてみた。柚希の後ろを飛んでいた黒兵衛は、珍しいことを聞く、とでも言いた気に柚希の前に回り込み、それからゆっくりと翼を上下させた。

「罪滅ぼし、と伺ったことがあります」

　軽い気持ちで尋ねたら思わぬ言葉が返ってきて、柚希は足を止めそうになる。黒兵衛は柚希の斜め前を飛びながら、ぽつりぽつりと柚希の曾祖父について語った。

「曾お爺様の源重郎様は子供の頃、裏山で木の枝の影が地面に落ちるのに名前をつけてよく遊んでいたそうです。そうこうしているうちに影は実態を伴い、一匹の妖怪になった。けれど源重郎様は大きくなるにつれご自身が生み出した妖怪のことを忘れ、裏山にも立ち入らなくなって、そのうち裏山を売り払うことになったそうで」

　なんだか聞き覚えのある内容にドキリとする。確か先日山で遭遇した狐も同じような状況に置かれていなかったか。

「いよいよ山を売り払おうというとき、ようやく源重郎様は遠い昔自分が生み出した妖怪のことを思い出されたそうです。慌てて捜しに行ってみたところ、今にも消えそうなその妖怪を見つけ、必死で声をかけたのですが……」

ばさりと黒兵衛の翼が上下する。その黒い軌跡を視線で追う柚希の耳に、淡々とした黒兵衛の声が滑り込む。

「どうしても、その妖怪の名を思い出せなかったのだそうです。名を呼べぬまでも必死で声をかけたものの、見る間に衰えていくのは止められず、結局源重郎様の手の中でその妖怪は消滅したと伺っております」

手の中で、ぱちんと弾けるシャボン玉。そんなものが頭に浮かんだ。その瞬間、曾祖父が浮かべたであろう後悔や悲嘆に歪んだ表情も。

「それ以来、源重郎様は人に忘れられかけた妖怪を見つけるたび家に連れ帰るようになったのだそうですよ」

だから、罪滅ぼしなのか。自分が生み出し、忘れて消滅させてしまった妖怪に対する。

単なる道楽で妖怪を集めているとばかり思っていただけに、柚希はすぐに口を開くことができない。源重郎がどんな気持ちで妖怪を拾い集めていたかも知らず、妖怪屋敷と自分の家を悪《あ》しざまに罵っていたことを思い返せば、自然と唇が強張ってしまう。

そんな柚希に気づいたのか、黒兵衛はいつにも増して朗らかな声で言った。

「そういえば、その妖怪を思い出すきっかけになったのが、先日山でお話しした少年です。

ほら、源重郎様に『人に忘れられた妖怪は淋しい』と言った」

「あ……そうなんだ？」

「ええ。裏山の入口でその少年がうろうろしていたところを源重郎様が見つけ、声をかけられたのだそうです」

山の入口に立つ少年は、奥に何かがいるようだと源重郎に告げたという。動物か何かだろうと気楽に答える源重郎に少年は違うとばかり首を振り、だったら妖怪かもな、と脅かすつもりで源重郎が返せば、小さく頷いてみせたらしい。

『こんな山だから、物の怪《もののけ》の一匹や二匹いるだろう』

そう言い放った源重郎に、少年は言ったそうだ。

『ここは貴方の山でしょう。捜しに行ってやらないのですか。人に忘れられた妖怪は、きっと淋しい思いをしているに違いないのに』

過去に思いを馳せているのか、黒兵衛は愉快そうに目を細める。

「息子と年も変わらない子供に叱られた気分になって言葉もなかったとおっしゃっていました。もしかするとその少年には、消えかけた妖怪の気配が伝わっていたのかもしれませんな」

へぇ、と柚希も興味深く相槌を打つ。よく考えれば、物心がつく前に亡くなった曾祖父の話をこんなふうに誰かから聞くのは初めてのことかもしれない。

柚希は源重郎に声をかけてきた少年を想像してみる。幼い身で、臆《おく》することなく源重郎の背中を押したのは一体どんな少年だったのだろう。源重郎曰く息子と年も違わなかったということだから、柚希の祖父と同年代だろう。

そんなことを考えているうちに柳神社が見えてきて、柚希はゆっくりと歩みを止める。そういえば、源重郎もよくこの神社を訪れたといっていたか。

立ち止まった柚希に倣いその足元に舞い降りた黒兵衛は、ふと思い出した顔で最後にこうつけ加えた。

「そうそう、その少年、白の着物に浅黄の袴を穿いて、まるで神主のような格好をしていたとも源重郎様はおっしゃっていましたな」

黒兵衛の言葉に、柚希の頭の中でバチンと大きな音を立てて何かが繋がった。それってもしかして、と柚希は足元の黒兵衛を見下ろすが、決定的とも思われる重要な情報をもたらした当の本人は何も気づいていない顔だ。

(曾お爺ちゃんが会った子供って、もしかして正臣さんの——)

「それにしても、ここに来るのも何やら随分久しぶりのような気がしますなぁ」

食い入るような柚希の視線もどこ吹く風で、赤い鳥居を見上げた黒兵衛が感慨深気に呟く。柚希はわずかに口元を動かしたものの、確証のない言葉を口にするのは後回しにして黙って鳥居を見上げた。

実を言えば、自分も黒兵衛とまったく同じ気分だった。柳神社の鳥居が随分懐かしく見える。実際には最後に訪れてから二週間も間を空けていないというのに。

正臣と山で遭難しかけてから、今日でちょうど十日目だ。全身泥まみれになって山を下りてきた二人を見て柳神社の人たちは大いに驚き、わざわざ柚希の実家に連絡まで入れてくれて、帰りの遅い柚希を心配していた柚希の両親も慌てて神社に駆けつけ一時神社は騒然としたものだった。

けれどそれ以降は正臣が妖怪を祓おうと柚希の家に押しかけてくることもなく、柚希も必要のないお祓いを受けに神社を訪れることはなくなって、あの日を最後に二人はまったく顔を合わせていなかった。

この十日間、散々悩んだ末に柚希は自ら神社を訪れることにした。山を下りた後は互いの家族にもみくちゃにされ、まともな挨拶もしないまま別れてしまったし、山を下りる間口数少なくしていた正臣の、その後の様子も気になった。

なんとも曖昧な理由でここまでやってきた柚希は、この期に及んで開口一番どんな挨拶をしようか迷いながら赤い鳥居の下をくぐる。そのまま参道を通って拝殿に行こうとしたものの、遠くからほうきで境内を掃く音が聞こえてくると妙な緊張感が高まって、うっかり道を逸れ裏参道に回ってしまった。

「姫様？　正臣殿は拝殿のほうにいらっしゃるのでは？」

「う、わ、わかってる。わかってるけど、ちょっと……」

まだ心の準備が足りないようだと、柚希は紫陽花の咲き並ぶ裏参道で深呼吸をする。

すでに暦は七月に入ったが、紫陽花の花は相変わらず美しく咲き誇っている。なんの気なしに裏口近くに咲いた赤い紫陽花に目を向けた柚希は、以前よく見かけた陽炎のような影がそこにないことに気がついた。

裏参道を引き返し改めて境内をぐるりと回ってみたが、やはり正臣の祖父の影はもうどこにも見つけられない。

再び赤い鳥居の前に戻ってきて、柚希は夕日で赤紫に染まる空を見上げた。

あの夜、狐の背中に乗っていたのはやはり正臣の祖父だったのだろうか。もしかするとあのまま、狐と一緒に彼の信じる異界に行ってしまったのかもしれない。

異界というものが本当に存在するのかどうか、柚希は知らない。けれど、妖怪が人の想像力によって作り出されたものならば、異界という空間もそれを強く信じる人の心によって作り出されても不思議ではない気がした。

柚希は大きくひとつ息を吐くと、ようやく覚悟を決めて参道を歩き始めた。

小さな石の鳥居をくぐり、先ほどから聞こえていたほうきの音のするほうに目を向けると、思った通り正臣が竹ぼうきで社務所の前を掃き清めていた。

今日も今日とて神主姿の正臣は、柚希に気がつくと驚いた顔で掃除の手を止めた。

目が合っただけで大げさに跳ねた自分の心臓には気がつかなかった振りで、柚希は小さく会釈をして正臣に歩み寄る。正臣も表情を改め、その場で深く頭を下げた。

正臣の前に立った柚希は最初の一言を言いあぐね、無言で前髪を耳にかける。

今日は踵の高いパンプスを履いているせいで若干柚希のほうが正臣より目線が高い。やっぱりもう少し踵の低い靴のほうがよかったか、と微妙な後悔が胸を掠めたが、もうそういうつもりで神社に来ているわけではないのだからと思い直し、柚希はもう一度正臣に頭を下げた。

「どうも、お久しぶりです」

「……はい、お久しぶりです」

どういうわけか、正臣も多少緊張しているようだ。返す言葉がぎこちない。元から緊張していたのに相手まで固くなっているものだから、柚希の口調は一層他人行儀なものになる。

「あの、先日は、無理やり山に連れ出して、危ない目に遭わせてしまって、申し訳ありませんでした」

「あ、いえ、こちらこそ助けて頂いて……。柚希さんたちのおかげで無事に山を下りることもできましたし、本来ならこちらからご挨拶にお伺いするのが筋なのですが」

「いえ、その……お気遣いなく」

黒兵衛がきょとんとした顔で柚希と正臣を交互に見ている。先日山の中で散々怒鳴り合って助け合った二人なのに、どうしてこんなに距離感のある話し方しかできないのか不思議なのだろう。

当の柚希にだってよくわからない。素の自分を晒し過ぎて気恥ずかしいからなのか、それとも別に理由があるのか、わからないけれど会話はぎくしゃくしっぱなしだ。

黙り込んでしまった二人の間に黒兵衛が舞い上がる。黒兵衛は正臣の顔の周りをぱたぱたと飛び回った後、柚希の肩の上にちょこんと舞い降りた。

「やはり、正臣殿には見えていらっしゃらないのですね」

黒兵衛の言葉にも正臣は反応しない。居心地の悪そうな顔で目を伏せたままだ。

「不思議なことです。あの狐の過去の記憶に触れることができるほどの力をお持ちなのに」

うん、と柚希も声は出さずに頷く。黒兵衛は体が傾くほど大きく首を傾げ、もしかすると、と思案気に呟いた。

「わざと目を瞑っていらっしゃるのでしょうか。妖怪は恐ろしいものだから、なるべく見ないように無意識に心を閉ざしているのかもしれません。子供が暗闇を怖がって目を瞑ってしまうのと一緒で」

言わんとすることはわかるものの、自分と同年代の正臣を子供と同列に扱うのはさすがに失礼な気もする。柚希が黒兵衛を横目で睨むと、タイミングを同じくして正臣が柚希の肩に目を向けた。

　出し抜けに飛んできた視線に、柚希も黒兵衛もぎくりと体を強張らせる。まさか本当は見えていたのか、と背中に冷や汗をかいたものの、正臣の視線は柚希の肩の辺りをゆらゆらと漂って落ち着かない。

「……今も、妖怪たちはそこにいるんですか？」

　どうやらまだ妖怪の姿を見定めることはできないらしい。柚希は慌てて肩に乗った黒兵衛を手で追い払う。

「いますが、気になるようでしたらすぐ遠くに行かせますから。ほら、黒兵衛」

「あ、いえ、そのままで――」

　正臣は柚希を止めると、黒兵衛の乗った肩の辺りをジッと見詰めた。

「山では助けていただいて、ありがとうございました。……いつかは無理に祓おうとして、すみません」

　見えないながらも、正臣は丁寧に黒兵衛に向かって頭を下げる。

　おや、と黒兵衛はどんぐりのような目を瞬かせ、あたふたと柚希の肩から下りると地面に降り立ち、自分もぴょこんと頭を下げた。

　問答無用で妖怪たちを祓おうとしていた頃からは想像もつかない正臣の態度に柚希は目を瞠る。もしかすると、山に入って以来毎朝神棚に手を合わせるようになった柚希と同様、正臣の中でも何か心境の変化があったのかもしれない。

「とんでもないことでございます、って言ってますよ」

柚希はいつものように黒兵衛の言葉を正臣に伝える。本当はその後に「姫様がいつもお世話になっております」だの「今後ともなにとぞ姫様をよろしくお願いいたします」だの続いていたが、その辺りは割愛した。

代わりに、顔を上げた正臣に羊羹の入った紙袋を差し出す。

「よろしければこれ、先日のお詫びに」

「ああ……わざわざすみません。こちらこそお礼に行くべきところだったのに」

恐縮しきった様子で袋を受け取った正臣は、そこでようやく何かに気づいた顔になって、しげしげと柚希の姿を見詰めてきた。

何か？　と柚希が首を傾げると、正臣は柚希の姿を眺めつつ、指先で眼鏡の縁を押し上げた。

「なんだか、いつもと雰囲気が違いますね」

「え？　……ああ、服ですか。仕事帰りなものですから」

「格好いいです」

そう言って、どこか眩しそうに正臣は笑った。

その反応にギョッとしたのは柚希だ。これまで花柄のワンピースを着ていようがピンクの口紅をつけていようが一向に反応しなかったくせに、まさかの普段着で「格好いい」なんて賛辞の言葉が降ってくるとは。

（いや、女性に対する格好いいって褒め言葉になる？　でもなんか照れてない？　もしかしてこういうのが好みだったとか⁉）

急に柚希の目を見なくなった正臣はそわそわと落ち着かない様子で視線を動かしていて、まさかこれは本当に脈ありなのではないかと柚希の心拍数も急上昇する。

窮地を助け合って切り抜けた男女の間に愛が芽生えるなんていうのは映画や小説でよくある話だ。現実にそういうことが起こっても不思議ではないと思ったら、急速に冷静さが遠退いていく。

このまま挨拶をして帰ろうと思っていたがそれは駄目な気がする、なんとか会話を続けなければと真っ白になった頭を柚希が無理に引っ掻き回していると、思いがけず正臣のほうが口火を切ってくれた。

「……実は、柚希さんに折り入ってお話があるのですが」

改まったその口調に、ドキーンと柚希の心臓が跳ね上がる。

期待が胸の中で膨れ上がり、柚希は慌てて自らそれに針を突き立てた。

二十九年の人生で思い知ったはずだ。下手に期待するとろくなことにならない。世の中は大抵期待を裏切るようにできている。妙な想像はするべきじゃないと自分に言い聞かせるが、期待の詰まった未知の袋は予想を遥かに超えて頑丈にできているらしく、針を刺しても錐《きり》を刺してもびくともしない。

柚希が脳内で妙なイメージを走らせている間も、正臣は伏し目がちに喋り続ける。

「言おうか言うまいか迷って、それでご挨拶に伺うのも遅れてしまったのですが……」

ハゥッ、と柚希は妙な具合に息を吸い込んで危うくむせてしまいそうになった。

そんな台詞、まるで告白の前振りのようではないか。

まさか本当に告白なのか。心なしか正臣の顔が赤く見える。

(どうなの、どうなの私！　わ、悪くないんじゃないの！)

人生初告白を見据え、柚希はかつてない速さで脳を回転させる。

正臣の外見は悪くない。むしろいいほうといえるだろう。実家は立派な神社だ。平日は参拝客も少ないようだが、これだけの敷地なら年末年始と夏祭りの収益はかなり見込めるはず。妖怪は苦手でも、足元の悪い山道で先を歩くなど頼りになるところもあった。時間さえかければ人の言葉にも耳を貸せる性格のようだし、悪くない。まったくもって悪くない！

コンマ数秒でそこまでのことを考え、よしこい！　と柚希は拳を握りしめる。

正臣も柚希の覚悟が決まるのを待っていたかのように顔を上げ、ひたむきな目で柚希を見上げてきた。瞬間、正臣の顔に漂っていたためらいのようなものが綺麗に吹っ飛ぶのを目の当たりにして、柚希は期待と緊張でめまいを起こしそうになった。

正臣も柚希と同じように拳を握り、実は、と固い声を上げた。

「実は……柚希さんの下で、修行をさせていただきたいのですが！」

はい！　と元気よく返事をしようとして、柚希は直前で思いとどまった。

今の台詞、思っていたのと何か違わなかったか。

好きだとか、つき合ってくださいとか、そういう内容ではなかったような。

……こんなこと、以前にもあった。そう思いながら、柚希は顔面からすべての表情を滑り落として正臣の言葉を反芻した。

「……修行？」

「はい！　これまでどれだけ修行を積んでも、僕には妖怪の気配を感じとるのが精一杯でその姿を見ることもできませんでした。でも柚希さんに修行をつけてもらえば、あるいは……」

拳を握りしめて熱弁をふるう正臣を、柚希は水族館で泳ぐマグロでも見るような目で眺める。なんだか今、とても正臣が遠い。

限界まで膨らんでいた希望が一瞬で弾け飛んでどんな表情も作れない柚希の横で、ふむ、と黒兵衛はいかにも納得した様子で頷いた。

「姫様、これは正臣殿のためにも必要なことかもしれませんぞ」

ぱたぱたと羽を上下させ柚希の肩まで戻ってきた黒兵衛が、聞いておりますか、と土気色になった柚希の頬を羽で一撫でする。

「正臣殿が妖怪の過去や思考を読めるようになったのはこれまでの修行の成果と見て間違いないでしょう。これは本来、一般の人間にできることではないのです。正臣殿はもう、妖怪と人間のあわいに足を踏み入れかけている。普通の人間ならばとうの昔に、人より妖怪に近い存在になってしまっているところです」

意識を空の彼方に飛ばしかけていた柚希は、ところどころ耳に飛び込んでくる黒兵衛の言葉が予想外に深刻なことに気がついてゆるゆると現実に着陸すると、まだ落胆した顔は隠せないままその言葉に耳を傾けた。

「正臣殿は妖怪の過去が見えるほどの力を持っているくせに妖怪そのものは見えない。怖くて無自覚に目を背けているのでしょう。一方で怪異現象は見えるなど力にむらがあります。けれどそのアンバランスさのおかげでなんとか人としてこの場にとどまっている状態です。実に危うい」

「……だとしたら、なんだっていうの？」

体中の水気を失ったかのごとく枯れきった声で柚希が尋ねると、黒兵衛は小さな胸を張って高らかに宣言した。

「ですからここは、姫様が正臣殿の面倒を見て差し上げるのがよろしいかと！」

「冗談でしょ！　そんなのどうやって……」

「柚希さん、もしかして黒兵衛さんは僕に賛成してくれているんですか！」

いつの間に黒兵衛の名前を覚えたのか、正臣が俄然《がぜん》張り切った顔で詰め寄ってきて柚希は首を斜めに振る。とっさのことにうっかり否定も肯定もできなかった。

正臣はそれを見逃さずさらに柚希との間を詰めてくる。悪くないと思った顔がどんどん近づいてきて、柚希はうろたえ気味に同じ分だけ後退した。

「で、でも私、修行の方法なんて知らないですし……」

「いいんです！　柚希さんの側にいさせてくれるだけでも構いませんから！」

うっ、と柚希は声を詰まらせる。

なんだその、熱烈な告白のような台詞は。

けれど正臣の目は恋に浮かされるというより、尊敬とか羨望《せんぼう》とかそういったものが色濃くにじんでいてまったく艶《いろ》っぽくない。

「お願いします、柚希さん！」

「よろしいじゃありませんか、姫様」

正臣と黒兵衛、両方からたたみかけられて柚希は思わず天を仰いだ。なんでこうなる、と呟く声が夏の気配を孕《はら》み始めた夕空に溶ける。

二十九歳崖っぷち。

二十代最後の年にようやく得たと思ったものは、甘い恋物語でもなければ人生初の彼氏でもなく、かくも熱心な弟子のようだった。

本書は、書き下ろしです。

山城柚希《やましろゆずき》の妖《あや》かし事件簿《じけんぼ》 縁《えん》は異《い》なもの!?

青谷真未《あおやまみ》

2014年9月5日初版発行

発行者……奥村 傳
発行所……株式会社ポプラ社
〒160-8565 東京都新宿区大京町22-1
電話……03-3357-2212(営業)
03-3357-2305(編集)
0120-666-553(お客様相談室)
ファックス……03-3359-2359(ご注文)
振替……00140-3-149271
フォーマットデザイン 荻窪裕司(bee's knees)
組版・校正 株式会社鷗来堂
印刷・製本 凸版印刷株式会社

ポプラ文庫ピュアフル

ホームページ http://www.poplarbeech.com/pureful/

N.D.C.913/230p/15cm
ISBN978-4-591-14129-8

ポプラ文庫ピュアフルの好評既刊

装画：柴田ゆう

出奔した家元Jr.《ニート》×京の怪茶人《濃厚キャラ's》——
各紙誌絶賛の青春娯楽小説《エンタテインメント》、待望の文庫化！

松村栄子
『雨にもまけず粗茶一服〈上〉』

友衛遊馬、18歳。弓道、剣道、茶道を伝える武家茶道坂東巴流の嫡男でありながら、「これからは自分らしく生きることにしたんだ。黒々した髪七三に分けてあんこ喰っててもしょうがないだろ」と捨て台詞を残して出奔。向かった先は、大嫌いなはずの茶道の本場、京都だった——。個性豊かな茶人たちに《おかしなキャラの》やりこめられつつ成長する主人公を描く、青春娯楽小説《エンタテインメント》前編。

〈解説：北上次郎〉

ポプラ文庫ピュアフルの好評既刊

笑えて泣けて気持ちいい
大好評！　青春娯楽《エンタテイメント》小説

松村栄子
『雨にもまけず粗茶一服〈下〉』

装画：柴田ゆう

京都に出奔した弱小武家茶道「坂東巴流」家元Jr.の友衛遊馬。お茶が嫌いなはずだったのに、宗家巴流の先生・志乃の家に寄宿し、お茶菓子作りが趣味の坊主・不穏や公家装束が普段着の高校教師・今出川幸麿など、怪しげな茶人たちとの交流は増すばかり。そうこうするうち、宗家巴流の後継問題に、あれよあれよと巻き込まれ……。大好評青春娯楽《エンタテイメント》小説、感涙の大団円へ！

〈解説・堀越英美〉

ひとつの商店街を舞台に七軒のお店が本日開店！
人気作家が紡ぐほっこりおいしい物語

大島真寿美　大山淳子　彩瀬まる　千早茜
松村栄子　吉川トリコ　中島京子

『明日町こんぺいとう商店街　招きうさぎと七軒の物語』

装画：イシヤマアズサ

この路地を曲がれば、そこはもう、すこし不思議な世界の入口――。ひとつの架空の商店街を舞台に、七人の人気作家がお店を開店し、短編を紡ぐほっこりおいしいアンソロジー。商店街のマスコット「招きうさぎ」がなつかしくあたたかな物語へと誘います。「粗茶一服」シリーズのスピンアウト短編「三波呉服店―2005―」も収録！

文庫オリジナル。

永遠なんてない。でも、だから人生は素敵。
せつなくあたたかい、生と絆の物語。

大島真寿美
『やがて目覚めない朝が来る』

装画：網中いづる

両親の離婚後、母とともに元舞台女優の祖母、蕗さんの洋館で暮らすことになった私。その蕗さんのもとには、いつもユニークで魅力的な人々が集っていた――血の繋がりを超えたたしかな絆と、脈々と連なっていく人生の輝きを軽やかにうつくしく描く、やわらかな感動作。

流され男子と頼れる猫又――
タマさま最強!!

天野頌子
『タマの猫又相談所
花の道は嵐の道』

装画：テクノサマタ

――うちの理生ときたら、高校生になったというのに、泣き虫で弱虫でこまったもんだ。やれやれ、おれがなんとかしてやるか――。理生の飼い猫タマは、じつは長生きして妖怪化した猫又。流されるままに花道部に入部し、因縁のライバル茶道部との激しい部室争奪戦に巻き込まれてしまった理生を、タマが陰から賢くサポート。

大人気「よろず占い処　陰陽屋」シリーズの著者が描く、ほんわかもふもふ学園物語。書き下ろし短編「空の下、屋根の上」を収録。

運命を変えるまで、この想いは封印する――
鮮やかで清々しい、新しいかぐや姫の物語。

安澄加奈
『いまはむかし　竹取異聞』

装画：友風子

武官となるのを拒んで家を出た弥吹が出会ったのは、ある目的のためにふたりだけで旅をしている「月守」の少年たち。彼らは「かぐや姫」の伝説に深く関係していた。興味をひかれた弥吹は、彼らと行動をともにするうちに、次第にかぐや姫にまつわる壮絶な運命の渦へと巻き込まれていく。ふたりはいったい何者なのか？　五つの宝とは？

「竹取物語」を大胆かつ自由に解釈した、瑞々しく清々しい和製ファンタジーを文庫化！

ポプラ文庫ピュアフルの好評既刊

めっぽう愉快でじんわり泣ける――

期待の新鋭による人情妖怪譚

小松エメル
『一鬼夜行』

装画：さやか

江戸幕府が瓦解して5年。強面で人間嫌い、周囲からも恐れられている若商人・喜蔵の家の庭に、ある夜、不思議な力を持つ小生意気な少年・小春が落ちてきた。自らを「百鬼夜行からはぐれた鬼だ」と主張する小春といやいや同居する羽目になった喜蔵だが、次々と起こる妖怪沙汰に悩まされることに――。

あさのあつこ、後藤竜二両選考委員の高評価を得たジャイブ小説大賞受賞作、文庫オリジナルで登場。

〈刊行に寄せて・後藤竜二、解説・東雅夫〉

史上最も有名な陰陽師、安倍晴明——
少年の成長をドラマチックに描く！

三田村信行
『風の陰陽師（一）　きつね童子』

装画：二星天

きつねの母から生まれ、京の都で父親に育てられた童子・晴明は、肉親と別れ、智徳法師のもと、陰陽師の修行を始める。その秘めたる力は底知れず……。尊敬する師匠や友人たち、手強いライバルとの出会いを経て、童子から一人前の陰陽師へと成長してゆく少年の物語。賀茂保憲、蘆屋道満など、周囲の人物も含め、新たな解釈で描く安倍晴明ストーリー。第50回日本児童文学者協会賞受賞の長編シリーズ第1巻。

〈解説・榎本秋〉